とんでもスキルで異世界放浪メシ
11 すき焼き×戦いの摂理
江口 連
author • Ren Eguchi
イラスト • 雅
illustration • Masa

『なに～!?　アイツ、
二丁前にそんなことしてんのか！』
アグニ
『この前、東の庭園で
イチャイチャしてた』
ルサールカ

女神様の女子会
キシャール
『あらあら～』
ニンリル
『そういう話でいいなら……』

ムコーダ
俺は二丁拳銃のように
殺虫剤を両手に構え、
ヴァンパイアモスキートに
噴き付けていく。

とんでもスキルで異世界放浪メシ

11

すき焼き
×
戦いの摂理

江口 連
author ● Ren Eguchi
イラスト●雅
illustration ● Masa

前回までのあらすじ

胡散臭い王国の「勇者召喚」に巻き込まれ、剣と魔法の異世界へと来てしまった
現代日本のサラリーマン・向田剛志（ムコーダ）。
どうにか王城を出奔して旅に出るムコーダだったが、
固有スキル『ネットスーパー』で取り寄せる商品やムコーダの料理を狙い、
「伝説の魔獣」に「女神」といったとんでもない奴らが集まってきては
従魔になったり加護を与えたりしてくるのだった。
またもフェル達に押し切られ、
難関と名高いブリクストの街のダンジョンに
挑むことになったムコーダ一行。
とはいえフェル達もいるし……と油断していたら、
直前になって創造神・デミウルゴス様から、
ダンジョン最下層に危険な奴がいると聞かされて……？

固有スキル
『ネットスーパー』
いつでもどこでも、現代日本の商品を購入できるムコーダの固有スキル。購入した食材にはステータスアップ効果がある。

人物紹介

ムコーダ一行

ムコーダ
人間
現代日本から召喚されたサラリーマン。固有スキル『ネットスーパー』を持つ。料理が得意。へたれ。

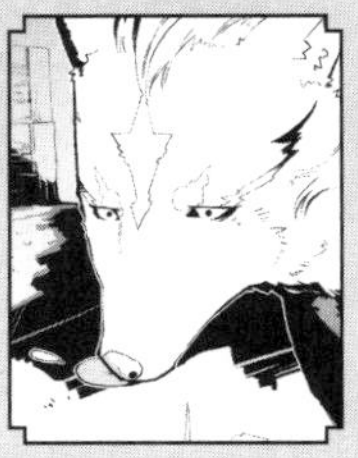

フェル
従魔
伝説の魔獣・フェンリル。ムコーダの作る異世界の料理目当てに契約を迫り従魔となる。野菜は嫌い。

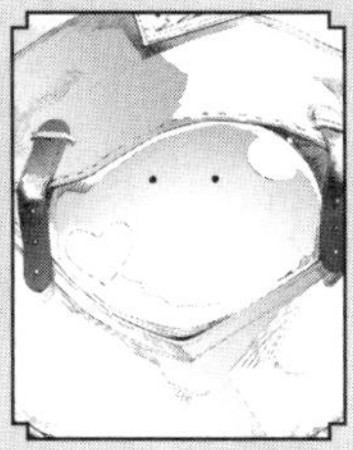

スイ
従魔
生まれたばかりのスライム。ごはんをくれたムコーダに懐いて従魔となる。かわいい。

ドラちゃん
従魔
世にも珍しいピクシードラゴン。小さいけれど成竜。やはりムコーダの料理目当てで従魔となる。

神界

ニンリル
神様
風の女神。お供え目当てでムコーダに加護を与える。異世界の甘味、特にどら焼きに目が無い。

アグニ
神様
火の女神。お供え目当てでムコーダに加護を与える。異世界のお酒、特にビールがお気に入り。

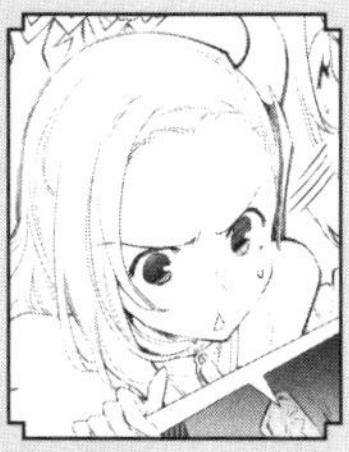

キシャール
神様
土の女神。お供え目当てでムコーダに加護を与える。異世界の美容品の効果に魅せられる。

ルサールカ
神様
水の女神。お供え目当てでムコーダの従魔・スイに加護を与える。異世界の食べ物が大好き。

◀ 進む

もくじ

Tondemo Skill de Isekai Hourou Meshi 11

9 ×　章

1 ×　番　外

◀ 進む

第一章　ブリクストのダンジョン突入

俺は、昨夜、デミウルゴス様から聞いた話が頭から離れずに不安を抱えたままブリクストの街の冒険者ギルドへと向かっていた。

「うう、本当に行くのかよ……」

『何をいまさらゴチャゴチャ言っているのだ』

『そうだぞ、行くに決まってるだろ。そのためにこの街に来たんだからよ』

俺の隣を歩くフェル、そしてパタパタとゆっくり飛んでいるドラちゃんは、俺の不安をよそにやる気満々だ。

いつもなら俺が肩から掛けている革鞄《かわかばん》で寝ているスイも、楽しみにしていたダンジョンに行けるとあってフェルの背に乗って『ダンジョン、ダンジョン♪』とプルプル震えてご機嫌だ。

「そうは言うけど、神様から聞いた話をしただろう」

今朝、朝飯を食っているときにデミウルゴス様から聞いた話は一通りフェルたちにも話していた。

『いいじゃねぇか。腕が鳴るってもんだぜ』

『ドラの言うとおりだ。神がどうにもならなかった場合には自分を呼べとまでいうのだからな。相手にとって不足はない』

なんでその話を聞いてヤル気を出すのかな？

意味がわからないんだけど。

「いやいや、そうじゃないでしょ。神様がそこまで言うんだから絶対にヤバいのがいるってことじゃないか。みんながダンジョンを楽しみにしてたの分かってるし、ダンジョンに入るのはしょうがないって諦める。でもさ、最下層まで行く必要はないだろ？　最下層までは行かないで、手前の階層まで行って引き返すことにしようよ。な」

『なぜそんなことをせねばならん。当然最下層まで行くぞ。そうしないとダンジョンを踏破したとは言えぬだろう。それに好敵手がいるのだぞ、行かぬ道理はない。我が久しぶりに全力で戦えそうな相手がいるのだからな。これほど楽しみなことはない。フハハハハハ』

テンションアゲアゲで獰猛《どうもう》に笑うフェル。

『まぁまぁ、そう心配するなって。フェルと俺とスイがいるんだぜ。俺たちが敵《かな》わない相手なんているわきゃないって。だろ？』

ドラちゃんはドヤ顔でそう言うけど、世の中には自分たちの想像だにしないことがいっぱいあると思うんだ。

ましてや、創造神たるデミウルゴス様が『ダメなときは儂《わし》に一声』なんていう相手ならなおさらだ。

『おい、そんなことより早く冒険者ギルドに行くぞ。ダンジョンに入るのはギルドに顔を出してからなのだろう？』

「ああ。ダンジョンに入る前に一度は顔出ししないとマズいだろうからな。それにチラッと聞いた話だと、30階層までの地図があるらしいから、それも手に入れておきたいし」

転移石もあるから、それを見たうえでみんなと相談して何階から始めるか決めるようになると思うけど、デミウルゴス様のお告げもあることだし20階には必ず行かなきゃいけないから無駄にはならないだろう。

しかし、本当に大丈夫なのかな？

非常に不安なんだが……。

◇◇◇◇◇

「おお、デカいな……」

ブリクストの冒険者ギルドを見上げて、思わずそうつぶやいた。

同じくダンジョン都市のドランとエイヴリングの冒険者ギルドよりも大きい。

ブリクストの冒険者ギルドは朝から大いに賑《にぎ》わっていた。

俺たち一行が中へと入ると、その賑わいが一瞬だけシーンとする。

少しだけ居心地の悪さを感じながら奥へと進み、空《す》いている窓口に並んだ。

列はちょっとずつ進んで行くものの、まだ時間はかかりそうな様子。

『おい、まだかかるのか？』

少しイラついた感じのフェルからの念話。

『これだけ混んでるんだからしょうがないよ』

『そうは言うが、まだダンジョンにも入っていないというのにスイが眠りこけているぞ』

そう言われてフェルの背中を見ると、興奮し過ぎて疲れたのか『ダンジョン……ムニャムニャ……』と寝言を言いながら寝ているスイがいた。

『スイちゃん……。ま、まぁ、スイはダンジョンに入るとき起こせばいいよ』

『ったく、スイはのん気だなぁ。しかしよ、これみんなダンジョン目当てなのか？』

ドラちゃんがごった返すギルドを見回してそう言った。

『だろうね。ここは難関ではあるけど、魔物からのドロップ品以外にも宝箱から値打ちのあるお宝が出る確率が割と高いみたいで大人気らしいぞ』

ヒルシュフェルトの冒険者ギルドのギルドマスターであるイサクさんからの情報だ。

『ほぅ、値打ちのあるお宝というと魔道具の類か？』

少し興味を持ったのかフェルがそう聞いてくる。

『魔道具が出ることもあるらしいけど、聞いた話では宝石や貴金属が多いらしいぞ。宝石や貴金属類はどこも不足気味らしくてな、換金率がいいって話だ。だからある程度のランクがあってとにかく稼ぎたいって冒険者は、ここのダンジョンに潜るらしい』

『なんだ、そんなものか』

『そんなものって、金にはなるんだからいいだろ。金になればネットスーパーでいろいろと買えるし、ニンリル様の教会にももっと寄付できるようになるぞ』

『ふむ、それもそうか。それならばダンジョンを踏破した暁には異世界の肉をたらふく食わせてもらうことにしよう。もちろんニンリル様の教会にも寄付をするのだぞ』

『ま、踏破したらな』

踏破できるかどうかが今一番の不安要素なんだけどね……。

ドラちゃんは異世界の肉に反応して『稼ぎまくるぞ！』と俄然《がぜん》やる気を出していた。

待ち時間の暇をつぶすようにフェルとドラちゃんと念話で話していると、「ちょっとどいて、ほら、どきなさい！」と大声を出しながらごった返すギルドの中を突っ切るようにこちらへと向かってくる者がいた。

そして俺たちの目の前に現れたのは、太鼓腹をしたメタボな50手前くらいのおっさんだ。

「ムコーダ様と従魔様たちですね。ブリクストの街へようこそ！　カレーリナのギルドマスターから連絡を受け、いらっしゃるのを心待ちにしておりました。私、ここブリクストの冒険者ギルドのギルドマスターをしておりますトリスタンと申します。以後お見知りおきください。ささ、こちらへどうぞ」

メタボおっさんことブリクストの冒険者ギルドのギルドマスターであるトリスタンさんは、にこやかに笑みを浮かべて俺たち一行を2階のギルドマスターの部屋へと案内してくれた。

これほど大きな冒険者ギルドのギルドマスターとは思えない腰の低さは、商人ギルドのギルドマスターと言った方がしっくりくるくらいだった。

ギルドマスターの部屋に入ると、促されてテーブルを挟みトリスタンさんと向かい合って座った。

フェルとドラちゃんとスイは、俺が座るイスの背後に楽な姿勢で待機だ。

いつもと位置関係は変わらないけど、デカいギルドなだけあって部屋も広々としておりフェルが入ってもまだまだ余裕があった。

フェルから頻《しき》りに『早くしろ』と念話が入ってきていたため、早速ではあるがこれからダンジョンに行く旨を伝えた。

ついでに地図を購入しておきたいことも伝えると、トリスタンさんは満面の笑みを浮かべて揉《も》み手《で》までしだした。

「いやぁ、それは喜ばしい話です。是非ともブリクストのダンジョンも踏破してください！　もちろんダンジョンから出たドロップ品やらはできるだけ買い取らせていただきますので！　カレーリナのギルドマスターから連絡を受けてから、資金の方も十分に準備させていただいた次第です。特にこのダンジョンの特産と言っても過言ではない宝石や貴金属は重点的に買取させていただきますよ。これらの品はいつでも品薄ですからな」

トリスタンさんの話では、宝石や貴金属の類はお貴族様方に大人気らしくいつでも品薄状態なのだそうだ。

宝石や貴金属は重点的に買い取ってくれるとのことなので、アイテムボックスの肥やしになってたドランとエイヴリングから出た宝石やらの売れ残りもここで買い取ってもらえそうだな。

しかし、資金も準備万端に用意して待っていたとは、やるなトリスタンさん。

その後はフェルとドラちゃん、ついにはスイからも念話で急《せ》かされて早々に話を切り上げてダンジョンへと向かうことになった。

ダンジョンまではトリスタンさんが直々に案内してくれて、景気付けとしてダンジョンの地図も無料で譲ってくれた。

ブリクストの冒険者ギルドから街の城壁の外にあるダンジョンまでは徒歩で約15分程度。

その間にブリクストのダンジョンについて、いろいろと聞くことができた。

最下層の話とは別にデミウルゴス様から20階層辺りをよく探してみるといいと言われた話も伝えたうえで、トリスタンさんから聞いた話やもらった地図を参考にしながらフェルたちと念話で話し合い、転移石を使ってとりあえず20階を探索することにした。

トリスタンさんの話では、現在の30階層までの地図の中で22階層までは出現する魔物や地図についてはほぼ網羅されているということだったけど（23階層以降は探索し切れてない部分が多いらしく穴あき状態の地図で、魔物も分かっているだけのものが書かれているとのこと）、デミウルゴス様の話が間違いのはずがないから、まだ判明していない何かがあるのだろう。

俺としては、20階層に隠し部屋か何かがあるのではないかと予想している。

21階層以降は地図を見て出てくる魔物を知ると、フェルが渋い顔をして『雑魚ばかりでつまらん』とか言うしドラちゃんもそれに『同意だな』とか言うしでスルーすることに。

20階層を探索したあとは、転移石で一度入り口に戻って、そこからまた30階へと転移しようということになった。

何度も使える転移石を持っているからこそ出来ることだな。

　これを譲ってくれた箱舟《アーク》のみんなには感謝だよ。

『出る魔物がガーゴイルというのは不満だが、神からの話だからな。20階層、とくと探してやろうではないか』

『その地図にはない何かがあるってことだろうな。面白そうじゃねぇか』

『スイも探す～！』

『ここのダンジョンはドランやエイヴリングと比べても広いみたいだから、少し時間はかかるかもしれないけどな』

『フフ、なおさら面白い』

『だな。早々に見つけてやらぁ』

『スイが見つけるもんねー』

『まぁ、とりあえず地図はあるわけだから、それに沿って1周してみよう。それで見つかるかもしれないしさ』

　そうこうするうちにダンジョンに到着して、トリスタンさんの権限でダンジョンの入り口近くにある転移石持ち専用の転移部屋へと優先的に案内されて並ぶことなくダンジョンへと入ることができた。

　部屋の中には直径5メートルくらいの魔法陣が描かれていて、その中央に円柱が立っていた。

　その円柱に手持ちの転移石を近づけて「○○階」と唱えると、その階に転移できるとのことだった。

20階層へ転移する直前、満面の笑みを俺たちに向けたトリスタンさん。

「たくさんの成果を期待しております！」

だって。

そうなればいいけど、最下層がどうにも不安だ……。

まぁ、まずは20階層からだけど。

一瞬のうちに積みあがった石壁で囲まれた薄暗い部屋の中にある魔法陣の上に立っていた。

明る過ぎず暗過ぎずでダンジョン特有だろう淡く発光する苔生《こけむ》した石壁の部屋は、ＲＰＧにあるようないかにもダンジョンという雰囲気を醸し出している。

この雰囲気は、エイヴリングのダンジョンに似ているかもしれない。

聞いた話によると各階層の広さは、エイヴリングの倍近い広さがあるらしいけれど。

『お主、乗れ。さっさとこの階を探して下に向かうぞ』

『だな。この階にいんのってガーゴイルだったよな。雑魚でも肉くらい落としゃいいけど、ありゃあなんの価値もないもんな』

「なんの価値もないって……。ガーゴイル倒すとそれなりに宝石を落とすらしいぞ」

聞いた話では、５分の１くらいの確率でドロップ品を落とすようだ。

動く石像のような魔物だからか、動作は素早くはないが物理攻撃も魔法攻撃も効きにくくて、中堅冒険者あたりだと倒すのにも苦労するみたいだけど。

『宝石っつっても、どうせしょうもないちっさいのだろ？』

「まぁそりゃあね。確かに小さいみたいだけど、宝石は宝石だろ。それなりの金にはなるみたいだぞ。とは言っても、俺たちは無理して拾う必要はないかもしれないけどね」

ありがたいことにみんなのおかげで資産は潤沢だからさ。

「ところで、さっきのフェルに乗れって話だけど、そうなるとダンジョンの中を駆け巡るってことだよな？　そんなんで何が隠されてるのかとかわかるのか？」

当然フェルが走ったらものすごいスピードになる。

それで、ダンジョン内の異変に気付けるのか気になった。

『フッ、当然だ。我くらいになると、その辺のことも敏感に分かるものだ。任せておけ』

ドヤ顔で自信満々にこう言ってるんだから、フェルに任せておけばこの階はなんとかなるか。

『ねぇねぇあるじー、早く行こう！　スイね、いーっぱいいーっぱい倒すんだー！』

ヤル気満々のスイが興奮してバインバインと俺の胸の高さ辺りまで飛び跳ねていた。

『フム、それならスイも我に乗れ。ここの魔物の始末はお主に任せたぞ』

『分かったよー、フェルおじちゃん！　スイ、がんばる！』

『そうそ、お前に任せるからがんばれよ』

『うんっ！』

……フェルもドラちゃんもガーゴイルを相手にするのが面倒だからってスイに丸投げしたな。

まぁスイはスイで『いっぱいやっつけるよー！』なんて言ってヤル気を漲《みなぎ》らせているから黙ってるけど。

『よし、それでは出発だ。乗れ』

俺は、よっこらしょとフェルの背によじ登る。

スイはポーンと飛び跳ねてフェルの頭の上に陣取った。

「あっ、スイ！　攻撃するのはガーゴイルっていう石の魔物だけな。絶対の絶対に冒険者さんに攻撃したらダメだぞ」

『分かったー！』

『よっしゃ、いよいよ探索開始だ！』

ドラちゃんの掛け声とともに、俺たちはブリクストのダンジョンに1歩を踏み出した。

◇　◇　◇　◇　◇

ビュッ、ビュッ、ビュッ―――。

スイの酸弾をその醜悪な顔に食らい大きく穴を開けたガーゴイルが後ろ向きに倒れていく。

「わわわっ、すんませんすんませんっ！　スイッ、ダメだって言ったろぉぉぉ！」

ガーゴイルに対峙《たいじ》していた冒険者たちが呆然《ぼうぜん》とした顔をして、猛スピードで駆け抜ける俺たちを見ていた。

ここ20階層は、それなりに多くの冒険者が探索中だった。

ブリクストのダンジョンの通路が思っていたよりも広かったことをいいことに、俺たち一行は冒険者とガーゴイルが戦闘中の場面でも止まることなく間をすり抜けていくか、その頭上を飛び越えるかして進んでいた。

フェルの『いちいち止まっていられるか』という主張からなのだが、これだけなら冒険者を妨害したとか手柄を横取りしたとかではないから、まぁギリギリセーフだろうと思う。

しかしだ、ヤル気満々のスイはというと……。

『スイ、冒険者さんが魔物と戦っているときは手を出しちゃダメだよって言ったじゃないかぁ』

念話でスイを窘《たしな》める。

『どうしてなの、あるじー。悪い魔物をやっつけちゃダメなのー？』

『魔物をやっつけるのはいいんだよ。ただね、冒険者さんと魔物が戦ってるときは、助けてって言われない限りは手を出しちゃダメなの。何も言われないのに勝手に手を出したら、それは横取りしたことになっちゃうでしょ』

『ムゥー』

何度目かの説明をするが、やっぱりスイは納得していない感じだ。

ドランのダンジョンでもエイヴリングのダンジョンでも肉ダンジョンでもそうだけど、比較的人が少ない階層から本格的に探索をはじめたこともあって、こうガッツリかち合うこともなくてわりと自由に攻撃させてたからなぁ。

スイの気持ちを代弁すると、『悪い魔物を見つけたらやっつけるのは当然なのに、なんでダメなの？』ということなのだろうと思う。

それはそうなんだけど、他の冒険者がいた場合はそこにはドロップ品の所有権やらのいろいろな利害が絡んでくるわけで……。

特にダンジョンの中ではそういう揉《も》め事《ごと》が増えると聞いているし。

トラブルを避けるためにも、冒険者が戦闘中はケガ人が出ていて余程形勢不利な状況だとか直接救助の要請があったとかじゃない限りは手出しをしないのが原則だ。

でも、そんな大人の事情はスイには理解できるはずもなく……。

『あっ！　石の魔物がいるー。エイッ！』

ビュッ、ビュッ、ビュッ――――。

『あわわわわっ、ぼ、冒険者っ、冒険者はっ!?』

『落ちつけよ。相手してる冒険者はいねーって』

ドラちゃんに念話でそう言われてちょっとホッとする。

『しっかし、スイの攻撃もえげつねぇな。顔面を酸弾でズドンだもんな』

そう、それは俺も思っていた。

最初は偶然かと思ってたけど、違うよね。

今までのガーゴイルが全て顔面を撃ち抜かれてるんだから、狙って撃ってるよね、これ。

『んとねー、フェルおじちゃんに急所が分からないときは、とりあえず頭を狙って潰せって前に教わったのー。頭を潰せばだいたいの魔物は倒せるんだってー』

『ほ～、考えてみりゃ確かにそうだな。フェルもたまにはいいこと教えるじゃねぇか』

『ドラよ、たまにはというのは余計だ。我はいつだって有意義なことしか教えんぞ』

『……フェルゥゥゥッ、スイに変なこと教えるなよー！』

『変なこととはなんだ、変なこととは。大事なことだぞ』

『それには俺も同意だな。敵を確実に葬るための教えは大事だぞ』

戦闘狂とも言えるフェルとドラちゃんには俺の主張は通じない。

うぅぅぅ、俺のかわいいスイちゃんがどんどん凶悪になっていく気がするんだけど……。

『あっ、またいたー！』

『冒険者はっ!?』

『いるみたいだな。でも、ちょっと様子が違うぞ』

『うむ。囲まれているようだな』

ドラちゃんとフェルの言葉から前方を良く見てみると、通路の前後からガーゴイルに挟み撃ちにされている冒険者数人が確認できた。

前後5体ずつのガーゴイルが間にいる冒険者たちを逃すまいと、その距離をじわじわと縮めていた。

「頼む！　助けてくれっ！」

近付く俺たちの姿を確認した冒険者が叫んだ。

「スイ、やっちゃって！」

『ハーイ！』

ビュッ、ビュッ、ビュッ、ビュッ、ビュッ――。

ビュッ、ビュッ、ビュッ、ビュッ、ビュッ――。

まさに一撃必中。

フェルの頭上からスイが撃った酸弾は、ガーゴイルの顔面を正確に貫いていった。

あっという間に倒されたガーゴイルに呆気《あっけ》にとられる冒険者。

しかし、すぐ気を取り直した冒険者のうちの1人が「すまん、助かった！」と声を掛けてきた。

それに俺が「間に合ってよかったです」と返すものの、冒険者の脇を止まることなく通り過ぎていく。

「え？　フェル？」

『まだこの階を回り終えてないのに面倒だ。止まらんぞ』

止まらない俺たち一行を見て、声を掛けてきた冒険者が焦りだした。

「お、おいっ！　ドロップ品はどうするっ!?」

「そちらにお譲りしますーっ！」

振り向いてそう叫んだ。

復活した冒険者たちも含めて何か叫んでたけど、助けた上にドロップ品も譲ったし、止まりもしない態度はあれだけども（フェルが止まってくれなかったんだからしょうがないし）文句はないだろう。

と思いたい。

その後も、スイ絡みで同じような騒動を起こしつつも俺たち一行は20階層を回り探索を続けた。

冒険者さんがいるときは、割って入って攻撃しちゃダメだってスイには何度も注意したんだけどねぇ……。

◇　◇　◇　◇　◇

20階層を駆け巡っていたフェルの足が止まる。

「どうした？」

『おかしい……』

「何が？」

『この階層はくまなく回った。……本当に神がこの階だと言ったのか？』

「もちろんだ。20階をよく探してみろって言ってたんだから」

デミウルゴス様は間違いなく20階って言ってたぞ。

『あー、俺分かっちゃった～。フェル、お前何が隠されてるかわかんなかったんだろ。自信満々に〝我くらいになると、その辺のことも敏感に分かるものだ〟（キリッ）なんて言ってたくせによー』

「ブッ……、こ、こらっ、ドラちゃん」

ドラちゃんが披露したフェルのモノマネに思わず吹き出してしまった。

『ぐぬぅ、わ、わからないということではないっ。そう、たまたま、たまたま見逃してしまっただけだ！』

そう言いながらフェルが顔を顰《しか》めている。

自信満々に言った手前、見つけられなかったことを苦々しく思っているのだろう。

気持ちは分かるぞ。

『ねぇねぇ、フェルおじちゃん、もうお終《しま》いなのー？　スイ、もっと石の魔物やっつけたーい』

何とも微妙な空気感の中、フェルの頭上にいたスイが呑気《のんき》にそんな念話を飛ばしてきた。

あ〜、スイに空気読めっていうのは難しすぎるか。

『クッ……、飯だ飯っ！　飯にしろ！　腹が減っていては感覚も鈍るっ』

「ハハッ、ま、まぁ、確かに腹は減ったな。飯にするか」

『そ、そうだな。確かに腹減ったわ』

『ご飯ー？　スイもお腹《なか》減ったー！　ご飯食べるー』

「そういうことだから、セーフエリアへ行こう。えーと……」

トリスタンさんからもらったこのダンジョンの地図をアイテムボックスから取り出して確認しようとすると、フェルが『それならここから少し先にある』と教えてくれた。

『んじゃそこで飯だな』

俺たち一行は、このダンジョン初のセーフエリアへと向かった。

◇　◇　◇　◇　◇

湧き水がチョロチョロと湧き出した水場が中央に配置されたセーフエリアには、既に3つの冒険者パーティーが休んでいた。

見事にどこも男ばかりのパーティーだった。

俺たち一行も空いているスペースに陣取る。

ホッと一息ついたところで、スイにこっちに来るように念話を送った。

さっきは走ってるフェルに乗ってることもあって、落ちついて話せなかったけど、スイにはちゃんと言い聞かせておかないといけないだろうと思ってね。

今後のこともあるしさ。

『なぁに、あるじー』

『さっきさ、冒険者さんが魔物と戦っているときは手を出しちゃダメだよって言ったのになんで手を出しちゃったの？』

『だって、悪い魔物だもん。やっつけていいんでしょー？』

ちんまりと俺の前に鎮座したスイがプルプルと左右に揺れながらそう言う。

『それはそうなんだけどね、そうだなぁ……、例えばスイが悪い魔物をやっつけようと一生懸命戦っているときにさ、急にやって来た知らない冒険者さんにその魔物を倒されちゃったらどう思う？』

『うーんと……、嫌な気持ちかなぁ』

『そうだよな。一生懸命戦ってたのに急にやって来て横取りされちゃったんだから』

『うん……』

『思い出してごらん。さっきスイがやったことはどうかな？』

そう言うとさすがにスイも分かったらしく、ちょっとしぼんでシュンとなった。

『……やったらダメなこと。ごめんなさぁい』

『分かってくれたならいいんだ。次からは気をつけようね。スイはいい子だからできるよね？』

『うんっ！　スイ、次からはきをつける！』

きちんと分かるように説明すれば分かる子。

スイもこれで大丈夫だろう。

『おい、終わったなら早く飯にしろ』

『腹減ったぞ』

フェルもドラちゃんも空気を読んでスイへの説明が終わるまで見守っていてくれたようだ。

『はいはい。でも、他の冒険者がいるから作り置きのものだからな』

『肉ならなんでもいい』

『だな』

分かってるって。

というか、作り置きの料理も肉使ったものばっかりだから。

作り置きの残りを思い出しながら何にしようかと考えていると、後ろから声が掛かった。

「あの、ちょっといいか？」

「はぁ」

声を掛けてきたのは30前後のがっしりした体格の厳《いか》つい冒険者だ。

その横には同じような体軀《たいく》の犬耳と尻尾が付いた獣人の冒険者2人（どことなく顔が似ているからおそらく兄弟だろう）とヒョロっとした細めの体格でローブを羽織った魔法使いだろう冒険者がいた。

「さっきは本当に助かった。ありがとうよ」

代表して最初に声を掛けてきた厳つい冒険者がそう言うと、獣人冒険者2人と魔法使いも続いて礼を言う。

「礼を言う暇もなく走り去っていっちまったから気になってたんだ」

「そうそう。ドロップ品にも見向きもせず走り去っちまうんだもんな」

獣人冒険者2人がそう言って、ようやくあの時のと思い出した。

通路の前後からガーゴイルに挟み撃ちにされていた冒険者たちだ。

「あの時は本当にヤバかったから、助けてもらって命拾いしたよ」

ヒョロっとした魔法使いがしみじみとそう言うと、他の3人も頷《うなず》いていた。

「そうだ、ドロップ品は譲るって話だったけど返すわ。さすがによ、命助けてもらっておいてドロップ品ももらい受けるっつうのはあつかましいだろ」

そう言いながら差し出した厳つい冒険者の手の平の上には、ちょっとくすんだ青い色の小さな宝石が載っていた。

「いえいえ、それは取っておいてください」

「しかし……」

困り顔の4人。

確かに4人から「助けてくれ」と言われたものの、この階の経緯を考えるとこの4人からだけドロップ品を返してもらうってのもどうかと思うし。

「いや、実はですね……」

この階層で、スイが所かまわず介入しまくってしまったことを話した。

「みなさんのところは別としても、横取りしたと言われかねない状況ばかりで、なんか申し訳なくて……。そういう経緯もあって、この階でのドロップ品はすべて放棄することにしました」

「むぅ、そうなのか？　そういうことならこちらもありがたくちょうだいするが」

「是非そうしてください」

俺たちの話を聞いていたのか、セーフエリアにいた残り2つの冒険者パーティーのメンバーがあからさまにホッとしたような顔をしていた。

「あの、もしかして……」

「ああ。そのスライムに手柄を取られた」

「うちもだ」

うあぁぁぁ、やっぱり。

スイってばガーゴイルを見つけたら冒険者がいるいないにかかわらずビュッビュッて酸弾撃ちまくってたもんなぁ。

とりあえず2つの冒険者パーティーには「すんません、すんません」と謝り倒した。

そのうえでもちろんドロップ品はお譲りするという話に。

幸いどちらも話の分かる方たちで、怒り出すこともなかった。

「しかし、今回はこれで済んだが、場合によっちゃ諍《いさか》いになるから気をつけるんだな」

「はい、それは重々承知してます。スイ、従魔のスライムにもよ～く言い聞かせたので次からは大丈夫です」

俺のすぐ隣にいたスイを撫《な》でながら念話で『もう次からはしないもんな』と言うと、ポンポン飛び跳ねるスイから『うん。スイ、次からはしないよ』と返ってきた。

うん、これなら大丈夫だろう。

と信じたい。

そうこうしていると、『おい』という念話とともに左肩にズッシリと重みがかかった。

振り返ると目の据わったフェルとドラちゃんがいた。

『飯はどうなった？』

『いい加減腹減ったんだけど』

「あぁ、ゴメンゴメン。至急用意するからっ」

俺はいそいそとアイテムボックスから寸胴鍋《ずんどう》とコッペパンが入ったバスケットを取り出した。

「どうしたんだ？」

「いえ、飯にするはずが、なかなか出て来なくてうちの従魔が痺《しび》れを切らしたみたいで……」

そう言うと、俺の後方にいたフェルとドラちゃんに冒険者たちの視線が集まる。

「従魔って、それ、フェンリルだよな？」

ズバリ聞かれて「え？　えーと」などと濁していると、そこここから「やっぱりか」と聞こえてきた。

「隠す必要ねぇよ。この国にもフェンリルを従魔にした冒険者がいるって話は入ってきてるしな」

「そうそう。しかも、その冒険者がこのダンジョンに来るって少し前から話題になってたし」

「ああ。それにフェンリルの他にもちっこいドラゴンと何か特殊なスライムも引き連れてるって話も有名だよな」

こっちの国でも噂《うわさ》になってたんだな。

ドラちゃんやスイのこともしっかり知られてるし。

しかし、フェルのことはやっぱりバレてるか。

このダンジョンの20階層以上で活動する冒険者は主にCランク以上だってのは聞いてたからバレてんだろうなとは思ってたけど。

「なぁなぁ、フェンリルの飯ってやっぱ生肉なのか？」

冒険者たちは伝説の魔獣フェンリルの飯に興味津々な様子。

「いや、違うけ『生肉などいまさら食えるか』……」

フェルがしゃべると「うおっ、しゃべった！」とか「フェンリルってやっぱ人語しゃべれるんだな」などの声が上がる。

「ええと、うちはみんな同じ食事なんです。今日の飯はこれを……」

いろいろと使えてアレンジが利くからと寸胴鍋にたっぷり作ったボロネーゼ。

実はもう一鍋あったりするのだが。

ボロネーゼを孤児院特製のコッペパンにたっぷり挟めばボロネーゼドッグの出来上がり。

それを次々と作ってフェルたちの皿に並べていく。

「はい」

フェルとドラちゃんとスイの前に出してやると、勢いよくガツガツと頬張っていった。

『うむ、美味《うま》いぞ』

「「「「「…………」」」」」

冒険者たちが無言でフェルたちを凝視している。

『あるじー、おかわりー』

『俺も！』

『当然我もだ』

「はいはい、ちょっと待ってね」

おかわりをみんなの前に出したところで、冒険者たちが始動。

「俺の普段の食事より美味そうなもん食ってやがる……」

その言葉に頷くもの多数。

「俺の食事って、スライム以下やったんやな……」

そのつぶやきにお通夜のような雰囲気になる冒険者たち。

いや、うちは特別だからね。

というか、あなたたちCランク以上なんだよね？

それなりに稼いでるはずなのに、何でひもじい食生活送ってるのさ。

『おい、お前ら。これはやらんぞ』

美味そうにボロネーゼドッグを頬張るフェルたちを涎《よだれ》を垂らしそうな勢いで凝視する冒険者たちにフェルが一喝。

「ちょ、フェル……」

『フン、我らの食《く》い扶持《ぶち》が減るだろう』

「いや、まだあるから大丈夫だから。な」

ガックリと項垂《うなだ》れる冒険者たちがなんだか憐れだったから、少しだけお裾分けした。

お礼を言われたのがムサい男ばっかりでちょっと暑苦しかったよ……。

◇　◇　◇　◇　◇

セーフエリアを出たあと、フェルが言うには『まだ探索していないのはあと1か所のみ』だという。

そこになければ、またこの階を回ってみるしかない。

そういうことならと、とりあえずその場所へ。

残っていたのはボス部屋。

フェル曰《いわ》く『特に異変は感じられない』とのことだったが、フェルが自信満々だったわりには見逃していることもあるのでとにかく入ってみようという話になった。

ボス部屋の前には既に冒険者パーティーが1組待っていた。

そこで問題になったのが「時間」だ。

ボス部屋が撃破された場合に次に魔物が湧くまでのクールタイム。

地図に記載されていた情報によると、このダンジョンではそれが階層によってまちまちなうえにけっこう長めのようなのだ。

ここ20階は、クールタイムは2時間前後かかるらしい。

それからこれも地図に載っていた情報だけど、基本的にここのダンジョンはボス部屋は入り口に扉などはなく、自由に中を見たりすることはできるものの、戦闘が開始されると中に入ることはできなくなるという。

ボス部屋の中では既に戦闘中の冒険者パーティーが。

そして、待っている冒険者パーティーが1組。

ボス部屋での戦闘がもうすぐ終わると考えても、そこからクールタイムが2時間。

その後に待っていた冒険者パーティーが戦闘をすぐに終わらせたとしても、その後にまたクールタイムが2時間。

戦闘の時間を考慮しなくても、クールタイムだけで少なくとも4時間は待つことになるということだ。

そう説明すると、途端に不満顔になるフェルとドラちゃん。

スイはすぐには戦えないのだと分かるとちょっとションボリしてしまった。

「どうする？　ボス部屋は止めてもう一度この階を回ってみるか？」

『長い時間を待つくらいならば、その方が良かろう。この部屋にも異変は感じられぬしな』

フェルがそう言うと、ドラちゃんが待ったをかけた。

『ちょっと待てよ、異変は感じられないって言うがホントなのか？　ここでまたもう一度回って、また見つけられないってなったら、無駄足になるんだぞ。その挙句にまたここで並ばなきゃならないんだからな』

『おいドラ、我の言うことが信じられぬのか？』

ドラちゃんの言葉にフェルの目つきも鋭くなっていく。

『だってそうだろ。お前、あんなに自信満々だった癖に見逃したんだからよ』

『それはたまたまだと言っただろう。そういうときだってある。フンッ、だいたい自分の実力を棚に上げて何を言うか』

『何だとっ！』

ドラちゃんもフェルの言葉にいきり立つ。

『事実だろうが。探索は我に任せきりではないか。できるなら自分でやってみろ』

『クッ、俺は攻撃の方が得意なんだよ！』

『攻撃とて我の足元にも及ばぬではないか』

『テメェッ、足元にも及ばないかどうか試してみるか？　俺はいつでも相手になるぜっ』

売り言葉に買い言葉ってな感じでフェルとドラちゃんも徐々にヒートアップしていく。

フェルとドラちゃんの一触即発とも言える雰囲気に、スイはフェルの方へ行ったりドラちゃんの方へ行ったりしてオロオロしていた。

『フェルもドラちゃんも落ち着けって。仲間割れしてる場合じゃないだろうが』

念話でフェルとドラちゃんを諭した。

『だってこいつが自分の実力を棚に上げてーとか言い出すからよー』

『それを言うならドラだって我を疑ってかかっただろう』

『疑ってって、ホントのことだろうが』

『フン、それなら自分の実力を棚に上げてという我の発言も本当のことだろう』

再びフェルとドラちゃんの間が険悪な空気に。

『コラッ、止めろってば。仲間だろうが。フェルもドラちゃんも言い過ぎだぞ。ここはお互い謝って貸し借りなしのちゃらだ。いいな』

そう言うと、フェルもドラちゃんも『なんで我が』とか『なんで俺が』とブツブツ文句垂れてる。

『あ、そう。フェルもドラちゃんもそういうこと言うんだ。それなら俺にも考えがあるよ。次の飯はフェルとドラちゃんには食わせないから』

『なぬっ!?』

『なんでそうなるんだよっ！』

飯抜きを宣言すると、フェルもドラちゃんも焦り始めた。

『スイ、次の飯は2人で美味いもん食おうなぁ～』

オロオロしていたスイを腕に抱きよせてそう言うと、スイも現金なもので『美味《おい》しいものー？食べる～』とご機嫌になった。

『おいっ、美味いものをお前たちだけで食うなんて許さんぞ！』

『そうだそうだ！　お前たちだけ美味いもん食うなんてズルだろ!!』

『そう思うんならお互い謝ればいいだけだろ』

そう突き放すと、フェルもドラちゃんも『ぐぬぬ』と唸《うな》っている。

でも、さすがに飯抜きになるのは嫌なのか渋々ながらもお互いに謝った。

やっぱり食いしん坊には飯抜きっていうのが効果抜群だな。

『よし、お互いこれでちゃらだからな。いいな』

『うむ』

『ああ』

『よし、それじゃあ前に並んでる冒険者たちと交渉してくる』

『交渉だと？』

『そう。フェルも中へ入った方が異変がないかどうかはっきりとわかるだろ？』

『そりゃあ中に入って近くで確認した方がはっきりするのは間違いないが……』

『ドラちゃんだって中に入ったうえでフェルにはっきり断言してもらった方が納得するだろ?』

『そりゃあもちろんそうだけど……』

『まぁ、ここで待ってろって。成功すれば半分の時間で済むはずだからな。交渉が成功するよう祈っててくれ』

◇　◇　◇　◇　◇

「あの、ちょっとよろしいでしょうか?」

俺たちの前で待っていた冒険者たちに声をかけた。

「なんだ?　見ての通りもうすぐ中の戦闘も終わりそうだから、手短に頼むぞ」

「はい。ええと、不躾《ぶしつけ》で申し訳ありませんが、中へ入るときにですね……」

戦闘は責任をもって受け持ちボス部屋のガーゴイルはすべてこちらで倒す旨とガーゴイルを倒したのちに出たドロップ品も全て譲るので、どうか一緒にボス部屋の中へいれてもらえないかと相談を持ち掛けてみた。

「戦闘はそっちで引き受けると?」

「はい」

「で、ドロップ品は全部こっちのもん」

「はい」

「おいおいおいおい、そんな虫のいい話あるわけないだろ」

「いえ、実は中でちょっと確認したいことがありまして。中に一緒に入れていただけるのであればうちはこの条件で全く問題ないので」

「マジか……。ちょっと待て、みんなと相談する」

おそらく俺と話していたのがリーダーなのだろう。

パーティーメンバー（獣人の男性と女性が1人ずつに人族の男性と女性が1人ずつ。それからエルフの男性が1人）を呼び寄せてコソコソと話しだした。

レベルが上がって良くなった耳で聞き耳をたてると……、「いいんじゃないの。俺たちにとって得しかないし」「あれって噂の従魔を連れたSランク冒険者だよね。名前が売れてる分変なことはしないだろうし、大丈夫じゃないの」「Bランクの俺たちならやってやれないことはないけど、ガーゴイル相手は骨が折れるからな。体力温存にもなって俺たちにとってはいいことずくめだし、断る理由がない」等々聞こえてきた。

この調子なら断られることはないかな。

少しして話がまとまったのか、リーダーが俺の下へ戻ってきた。

「戦闘はそっちでドロップ品はこっちっていうその条件なら、一緒に中へ入ってもいいぞ」

「ありがとうございます！」

その後、ちょうどボス部屋での戦闘が終わりクールタイムに突入。

約2時間後――――。

「お、ガーゴイルのお出ましだ。一緒に中へ入るならついて来い」

「はいっ。フェル、ドラちゃん、スイ、こちらの冒険者さんたちと中へ一緒に入れることになったから準備して」

そう声をかけると、寝そべっていたフェルたちがスタッと立ち上がった。

『戦闘はこっちで受け持つことになったから、中のガーゴイルは全部倒してね』

念話で戦闘はこっち持ちだということを伝える。

『ハイハイハーイ！　スイが全部やっつけるよー！』

俄然《がぜん》元気の出たスイがポーンと跳び上がってフェルの頭の上にシュタッと着地。

『それじゃあスイに任せるから撃ち漏らしがないようにな』

『分かった～』

『心配すんな。俺が見てるから万が一撃ち漏らしても大丈夫だ』

『ドラちゃん、頼むな』

『我もいざというときは対応する』

『ああ。フェルも頼むぞ。それと部屋の中の異変についてもな』

『もちろんだ』

まぁガーゴイルに後れは取らないと思うし大丈夫だとは思うけど、今回は見ず知らずの冒険者たちと一緒だからね。

ケガさせるわけにはいかないから、念には念を入れて。

「よし、行くぞ」

リーダーの掛け声でメンバーが一斉に中へと入っていった。

俺たちもすぐ後を追って中へと入る。

「それじゃあ頼むぜ」

「はい」

俺たち一行が前へと出る。

ボス部屋には30体近いガーゴイルがひしめいていて、部屋の中へと進入した俺たちに気づいたガーゴイルが一斉に向かってきていた。

『スイッ』

『ハーイ!　エイッ!』

ビュッ、ビュッ、ビュッ、ビュッ、ビュッ、ビュッ――――。

スイが触手を2本伸ばして2丁拳銃のように双方から酸弾を連射した。

30体近くいたガーゴイルは瞬殺。

顔面に穴を開けながらドミノ倒しのように次々と倒れていった。

それを目撃した冒険者たちは、口をあんぐり開けて唖然《あぜん》としていた。

俺もびっくりしたけど。

「スイ、いつの間にそんなこと覚えたんだ……」

『エヘヘ～、すごいでしょー』

そう言ってちょっと自慢気にプルプル揺れるスイ。

スイの戦闘面での成長が著しいのはなんでだろうね……。

『おい、はっきりと分かったぞ。この部屋には異変はない』

『そうフェルが断言すんならそうなんだろうな。そんじゃ、もう一度回るとするか』

『そうだな』

部屋を出ようと踵《きびす》を返すと、未《いま》だ呆然として動かない冒険者たちが。

「ええと、用件は済んだので、これで。ありがとうございました」

「あ、ああ……」

声をかけてようやく起動したリーダーに見送られ、俺たち一行はボス部屋を後にした。

◇◇◇◇◇

再び20階層を巡っていると、フェルが足を止めた。

「どうした？」

『この先、気になるな……』

そう言いながら鼻先で指したフェルの右手の通路。

10メートル程度行った先が行き止まりになっている場所だ。

「でも、行き止まりだぞ」

『うむ。だがその行き止まりの壁の先が怪しいのだ』

フェルの言葉から、俺たち一行は行き止まりになっている場所へと移動した。

「この先か」

ペシペシと壁を叩《たた》いてみるが、頑丈そうでこの先に何かがあるとはとても思えなかった。

『よし、俺の魔法で壁をぶっ壊してやる』

そう意気込むドラちゃんだったが……。

間髪を容《い》れずに『馬鹿者。ダンジョンの壁がそうそう壊れるはずがなかろう』とフェルの突っ込みが入る。

『じゃあどうすんだよ？』

不貞腐《ふてくさ》れた顔のドラちゃんがフェルに聞いた。

『どこかに仕掛けがあるはずだ』

「仕掛けか……。となると、床か壁だよな」

みんなで手分けして床を踏みしめたり、壁をペタペタと触っていくが、それらしい仕掛けは見当たらない。

「それらしいものはないなぁ……」

『あるじー、何にもないよー』

スイも一生懸命触手で壁や床をペタペタと触っているが、何も見つからない。

「仕掛けっていっても近くにあるわけじゃないのかな？」

フェルは行き止まりの壁の向こうがおかしいと言ってるけど、これだけ探してないってことは仕掛け自体はこの壁の近くにあるとは限らないんじゃないかな。

『……ちょっと待て。まだ探してない場所があるぜ』

「ええ？　探してない場所ってどこだよ、ドラちゃん」

この辺の床や壁はみんなでくまなく探したのはドラちゃんも分かってるはずなのに……。

『上だよ上』

そう言って短い腕を天井に伸ばすドラちゃん。

「天井？　そうか、確かに天井までは調べてないな。でも、天井になんて仕掛けするかな？」

『いや、わからんぞ。何せここはダンジョンだからな。それに、今の今まで知られていなかったのだろう？　それならばなおさらドラの言う天井というのも否定はできない』

フェルがそう言った。

そう言われると確かに。

ここ20階層には、それなりの数の冒険者が入っている。

その割には隠し部屋があるとかそういう話は聞いてないし、地図にもそれらしいものは載っていない。

デミウルゴス様も、誰も手をつけていないからこそ教えてくださったのだと思うし。

ならば当然見つかりにくい場所や、まさかと思うような場所であるというのも頷ける。

『まぁとにかく確認してみるぞ』

そう言って飛んでいるドラちゃんがちっちゃい手で天井をペタペタ触っていった。

『ん？　ここ何か動きそうだぞ。よっと……』

ドラちゃんがグッと力を入れて押すと、天井部分にあった1つの石が押し込まれていった。

ゴゴゴーッ――――。

行き止まりになっていた壁がスライドして新たな通路が現れた。

「おおっ、ビンゴ！　ドラちゃんお手柄だ！　まさか天井に仕掛けがあるとはね」

『フフン、俺が見つけたんだからな！』

「はいはい、分かってるって。そんじゃ進んでみようか」

俺たち一行は、現れた新たな通路へと進んでいった。

◇　◇　◇　◇　◇

新たな通路を30メートルくらい進むと広い空間が現れた。

中を覗《のぞ》くと、この階のボス部屋よりも広いのではないかと思われる部屋だった。

奥に3体のガーゴイルがたたずんでいた。

しかし、この3体のガーゴイル、大きさがおかしい。

今までのガーゴイルの倍はあるのではという大きさをしていた。

『おいおいおい、ずいぶんとデカいガーゴイルだな』

『普通のガーゴイルではないようだ。我もあの大きさのガーゴイルは初めて見る』

「ドラちゃんもフェルも初めて見るのか？」

『ああ。あんな大きさのガーゴイルは初めてだぜ』

『もしかしたらこのダンジョン特有のガーゴイルなのかもしれんぞ』

ドラちゃんも初見で、長生きのフェルでさえも初見となるとかなりレアな魔物みたいだな。

ここは慎重にいった方が良さそうだな。

『大きくったって石の魔物だもん。今までと同じくスイがやっつけちゃうよー！』

「えっ、ちょっと待ってスイ」

攻撃態勢に入っていたスイを止めに入るが間に合わず……。

『エイッ！』

ビュッ、ビュッ、ビュッ――――。

大きめの酸弾が立て続けに発射された。

さながらロケット砲が顔面にぶち当たったかのごとく、顔に大穴を開けたガーゴイルがゆっくりと倒れていった。

「スイ……」

『瞬殺だな』

『うむ。一瞬で終わったな』

『エヘヘ～、スイ強いでしょー。もっともーっと強くなるんだぁ～』

スイちゃん、今でも十分強いからそんな強くならなくてもいいんだぞ。

強さを求めるスイがちょっとだけ心配になる俺だった。

そして、デカいガーゴイルが消えると、そのあとにはスクエアカットのそこそこ大きな赤、青、緑の宝石が落ちていた。

鑑定してみると、赤はルビー、青はサファイア、緑はエメラルド。

3体全てから宝石が出るとはね。

しかも、けっこう大粒なのが。

ちょっと得した気分で、宝石を拾っていく。

『あるじー、あれー』

スイが触手で指した先を見ると、壁沿いに古びた箱がポツリと置いてあった。

「古びてるけど一応宝箱ってことなんだろうな……」

『だろうな』

『鑑定でも宝箱となっているぞ。罠《わな》もないようだから開けてみろ』

フェルはそう言うけど、ドラン然《しか》りエイヴリング然り、ダンジョンの宝箱は罠が仕掛けられているものが多い。

念には念を入れて……。

そう思いながらアイテムボックスから久しぶりに取り出したのは、スイが作ってくれたミスリルの槍《やり》だ。

槍の先端を使って古びた宝箱をこじ開ける。

パカリと開いた宝箱を恐々《こわごわ》覗いてみると……。

「おお～、金の延べ棒だ」

『ピカピカ～』

『なぁんだ、つまんねぇの～』

『魔道具の類なら多少は興味も湧くのだがな』

君たち、食えるものというか肉以外だとあっさりした反応だよね。

だけどさ、既に人が入った階層から出たお宝としてはかなり良いと思うぞ。

デカいガーゴイルのドロップ品の大粒宝石3つと宝箱に入っていた金の延べ棒十数本だもんな。

『無事見つけられたようじゃな。そこは言ってみれば1回限りのボーナスステージみたいなものじゃ。次はどこに現れるか分からんからのう』

急に頭に響いてきたデミウルゴス様の声に驚いて声が出そうになる。

しかし、なるほど、そういう類の物なのか。

ボーナスステージと言うだけあってこれだけで一財産だ。

換金率が良いものばかりなのもポイントが高い。

「ありがとうございます、デミウルゴス様。次のお供え物は期待しててくださいね。奮発しますから」

『ふぉっ、ふぉっ、ふぉっ、楽しみにしておるぞ〜い』

楽しみにしていてください。

デミウルゴス様が好きな日本酒、ランキングベスト10全部と最近お気に入りの梅酒のランキングベスト10をそろえて贈っちゃいますからね。

「それじゃあ最初に転移したところに戻ろうか」

『うむ。さっさと30階層に進むぞ』

『ここからすぐに30階層へ跳べるといいんだけどな』

「ドラちゃんの言うことも分かるけど、そうもいかないよ。そういう仕様のようだしさ。ま、転移石があるだけありがたいと思おうよ」

『ねぇねぇあるじー、次の魔物って何が出てくるのー？』

「30階層の魔物か、ちょっと待っててね」

ポケットに入れていたダンジョンの地図を確認してみる。

「えーっとね、30階層はゲイザーっていう大きい目玉の魔物だな」

『ゲイザーか。また肉も落とさん雑魚か』

30階層の魔物がゲイザーだと聞いて顔を顰めるフェル。

ゲイザーにもフェルの食指はまったく動かないようだ。

『えー、俺もそんな雑魚はパス。スイ任せる』

ドラちゃんもパスとか言ってスイに丸投げだ。

「フェルとドラちゃんはゲイザーを雑魚って言うけど、けっこう強い魔物なんじゃないのか？　なんか状態異常を引き起こして、光線で攻撃してくるって書いてあるぞ」

『我にとっては雑魚以外の何物でもないぞ。そもそも、状態異常は神の加護がある我らには効かんだろう』

あっ、そうか。

『そうそう。それにあいつの魔法光線の攻撃って溜《た》めがあるから、避けるのも簡単だぞ』

そういうドラちゃんにフェルも『うむ』とか言ってるけど、フェルとドラちゃんだから言えることなんじゃないのそれ。

『あるじー、大丈夫だよ！　次もスイがんばるもん！　だから早く行こー！』

「はいはい」

フェルとドラちゃんから丸投げされても今度もヤル気満々のスイに苦笑いの俺だった。

20階層の最初に降り立った転移部屋へと戻ってきた俺たち一行。

「よし、みんな魔法陣の上に乗ったな」

魔法陣の真ん中にそそり立つ円柱の中央に転移石を近づけた。

エレベーターに乗ったときと同じような浮遊感の後に、ダンジョンの入り口近くで自然光の差し込む転移部屋へと戻ってきていた。

『あるじー、早く早くー』

「はいはい、すぐやるよ」

急《せ》かすスイを宥《なだ》めつつ、魔法陣の中央の円柱に転移石を近づけて「30階層」と唱えた。

さっきと同じ浮遊感の後、20階層のときと同じような薄暗い部屋へと転移していた。

『よし、行くぞ』

フェルの掛け声を合図に、20階層のときのように俺とスイはフェルに乗り、ドラちゃんはその脇を飛ぶ布陣で30階層の探索へと繰り出した。

30階層は、見た感じは20階層と同じような感じで石壁に囲まれた通路が続いていた。

少し進んだ所でフェルが声をあげた。

『来るぞ』

その声の直後、前方からやってきたのは触手をたなびかせて宙に浮く巨大な目玉の魔物のゲイザーだ。

「あれがゲイザーか。キモい見た目だな～」

思わず眉をひそめてしまうほどグロテスクな魔物だ。

その視線で獲物を麻痺《まひ》させたり眠らせたりの状態異常を引き起こして、動けなくなったところを光線で息の根を止めるそうだ。

何とも狡猾《こうかつ》な魔物だが、ありがたいことに俺たち一行には神様の加護があるので状態異常は効果がない。

『いっくよーっ、エイ！』

ビュッ――――。

「ギュァアアアアッ」

目玉の中心をスイの酸弾で撃ち抜かれたゲイザーが断末魔の声をあげた後、ドロドロに溶けて消えていった。

「エェ……、酸を浴びせたわけじゃないのにドロドロに溶けちゃうの？」

『ゲイザーなどあまり出ない魔物ではあるが、死ぬときはそうだな』

『ああ。俺も前に2回くらい戦ったことあるけど、ドロドロに溶けていってたな』

長寿のフェルと実は100歳超えのドラちゃんがそう言った。

「ゲイザーって見た目もキモいけど消えるときもキモいんだな……」

顔をヒクつかせながらドン引きしていると、スイの念話が。

『あっ、何か落としたよー！』

スイが目ざとくドロップ品に気が付いて、フェルの頭から飛び降りた。

『はい、あるじー』

戻ってきたスイに手渡されたのはつるつるした表面で直径3センチくらいの大きさのビー玉のような緑色の石だった。

「これはヒスイか。確かゲイザーはオニキスとヒスイ、そして魔石をドロップするって地図に書いてあったな」

ゲイザーは魔力が豊富な魔物なので、Ｂランクの魔物ながら高確率で魔石がドロップされるというような記載もあった。

オニキスとヒスイと魔石か。

ヒスイは確かにキレイだけど……。

「どうする？　30階層もくまなく回ってみるか？」

『相手も雑魚だし、食えもしないそんな石など興味ないわ』

『俺もー』

『スイはねー、ビュッ、ビュッてしていっぱいやっつけられればいいの～』

30階層になると冒険者の数は極端に少なくなるようだけど、いないわけじゃないからなぁ。

みんなの実力を考えると、他の冒険者とかち合うよりは、下の階に進んだ方がいいのかもしれない。

「それじゃ、この階は最短距離で通って下の階に進むか」

『うむ、それがいい』

『賛成』

「それじゃあフェルお願いな」

『承知した』

そんな感じでフェルの誘導で30階層を最短距離で駆け抜けた。

ちなみに、途中で出会ったゲイザーはすべてスイが瞬殺。

とりあえず倒した分のドロップ品は機動性のあるドラちゃんにお願いして拾ってもらった。

ボス部屋に着くと、待っている冒険者もいないうえに、ボス部屋の中にはゲイザーが多数蠢《うごめ》いていた。

「待ってる冒険者もいないし、すぐにでも入れるぞ。どうする？」

『もちろん行くに決まっている。スイ、撃ち漏らしのないよう倒すのだぞ』

『うんっ』

ボス部屋に足を踏み入れた瞬間――――。

ビュッ、ビュッ、ビュッ、ビュッ、ビュッ、ビュッ、ビュッ、ビュッ！

スイの酸弾が高速連射される。

的確に酸弾に撃ち抜かれたゲイザーが次々と断末魔の声とともにドロドロに溶けていった。

勝負は一瞬のうちについていた。

『うむ、なかなか良いではないか。次もこの調子でがんばるのだぞ』

『ホント、スイもだんだん強くなってきたよな。っても、まだまだ俺には敵《かな》わないけどさ。まぁ、がんばれよ』

『うん、スイがんばるー！』

フェルとドラちゃんに褒められて嬉《うれ》しいのか高速でプルプル振動するスイ。

フェルもドラちゃんもがんばれなんて簡単に言うなよ。

益々《ますます》スイが張り切っちゃうじゃないか。

スイちゃんの戦闘力がどんどんパワーアップしていく……（遠い目）

戦闘力が爆上がりしていくスイを複雑な思いで見ながら、俺はゲイザーのドロップ品を拾い集めた。

そして、俺たち一行は31階層へと進んで行った。

◇　◇　◇　◇　◇

階段を下りて、31階層へと着いた俺たちが最初に出くわした魔物は、ストーンゴーレムだった。

そのストーンゴーレムは、フェルが爪斬撃《そうざんげき》を放って瞬殺。

すると、オーバル形にカットされたそこそこの大きさの黄色い宝石がドロップされた。

鑑定してみるとトパーズと出てきた。

「トパーズだって。ストーンゴーレムからは宝石がドロップされるのか。粒もけっこう大きいし価値があるかもね」

『このダンジョンのドロップ品はキラキラした石ばかりだな。雑魚相手でも、落とすなら肉の方がやる気も起きるのだがな……』

俺が手に取ったトパーズを覗《のぞ》きながら、フェルがボヤいた。

「まぁまぁそう言うなよ。もっと下に行けば肉をドロップする階があるかもしれないしさ」

『だといいけどな』

そんなやり取りをしていると、ガンゴンと石を叩《たた》く音と怒声が聞こえてきた。

「この音、この近くで戦闘してるのかな？」

『うむ、すぐそこにある部屋の中でやりあってるようだぞ』

フェルがそう言うので、部屋に近づいて行ってそっと中を覗いてみた。

「おりゃっ、死にやがれ！」

ドゴンッ――――。

大きなメイスを持った大男がストーンゴーレムをぶっ叩いた。

「関節をやるから頭を潰せ！」

ガゴンッ――――。

肉厚で頑丈そうな大斧《おの》を持ったこれまた大男がストーンゴーレムの膝部分の関節を叩き切る。

膝関節《しつかんせつ》を切断されて、よろめいて倒れるストーンゴーレム。

「よしきたっ！」

「おらよっ」

「そいやっ」

ドゴンッ、バゴンッ――――。

巨大ハンマーを持ったドワーフとウォーハンマーを持ったドワーフの、背は低いが力はありそうなドワーフコンビがストーンゴーレムの頭をぶっ叩いて粉々にしていった。

そして……。

「おー、今回は当たりだぜ！　エメラルドに魔石が出た！」

「よっしゃー！」

「これだから、ここのダンジョンの探索は止められねぇな！」

「今回もダンジョンから出た暁には美味《うま》い酒が飲めそうだわい！」

そんなことを口々に言いながら拳を付き合わせて喜ぶ男たち。

その様子を見届けて、そっと部屋を後にした。

……何とも汗臭そうなパーティーだったな。

何はともあれ、今の様子を見てトリスタンさんの言葉を思い出した。

31階に出るストーンゴーレムは大なり小なりの違いはあれど必ず宝石をドロップする。

魔法攻撃が効きにくいストーンゴーレムは物理攻撃に特化した力量のある上級冒険者パーティー

にとっては正にお宝ザックザクの相性の良い階層で、そういうパーティーはこの階を主な活動場所としているんだというようなことを言っていた。

この階の宝石は質の良いものが多いということで、俺にも、大粒の宝石を取得した際は是非とも当ギルドへなんて揉《も》み手《で》しながら言ってたっけ。

とは言っても、みんな宝石には興味なさそうだしなぁ。

お金にはなりそうだけど。

それに、宝石なら20階の隠し部屋分で十分だろうとか言われそうだしさ。

そもそも素であるストーンゴーレムも雑魚扱いだし……。

さっきの汗臭そうなパーティーに対して、フェルなんて『ストーンゴーレムを倒したくらいで、あそこまで喜べるとは幸せだのう』なんてボソリと呟《つぶや》いてたし、ドラちゃんも『ストーンゴーレムなんてたいしたもんじゃないだろうによぉ』なんて呟いてたもんな。

スイはきっといっぱいやっつけられればいいって言うだろうし、うーむ。

とりあえずフェルとドラちゃんにどうするか聞いてみると、案の定先に進むことを優先した。

なのでここも最短距離で進むことに決まった。

最短距離でボス部屋へと進む俺たちを発見したストーンゴーレムが追いかけてくることもあったけど、3メートル近い重量級のストーンゴーレムがフェルやドラちゃんの移動速度に付いてこられるはずもなく脱落していった。

時々ムキムキの冒険者たちがストーンゴーレムをフルボッコにしているのを見かけて苦笑しなが

ら、俺たちは31階層を一気に駆け抜けた。

ボス部屋に着くと、待っている冒険者もいないうえに、ボス部屋の中にはストーンゴーレム10体が待ち構えていた。

これ幸いとそのまま突入して、ボス戦へ。

もちろん対峙《たいじ》するのはヤル気満々《ほふ》のスイだ。

『スイ、ストーンゴーレムを屠るなら斬撃が一番だ。お前の水魔法にもそういうのがあっただろう。ストーンゴーレムは魔法が効きにくいと言われているが、お前の力量ならば問題ない。やってみろ』

『うん、分かったー！』

フェルの指南により、スイがウォーターカッターの魔法を展開。

脳天から縦に一直線に切断されて左右に分かれて倒れるストーンゴーレム、腰の辺りで上半身と下半身が分かれ前後に倒れるストーンゴーレム、スイのウォーターカッターで次々とストーンゴーレムは倒れていった。

『フェルおじちゃん、どーお？』

『うむ、上出来だ』

『スイ、なかなかやるじゃんか』

『あるじはどうだったー？』

「え？　あ、す、すごいぞ、スイ」

『エヘヘ～、スイすごいってー。嬉しいな！』

……フェルさんや、とりあえずスイちゃんに戦闘指南はやめような。

フェルを睨《にら》むがまったく気が付いてないのがもどかしい。

飄々《ひょうひょう》とするフェルをちょっぴり苦々しく思いながら、俺はドロップ品の大粒の宝石を拾っていった。

◇　◇　◇　◇　◇

32階で最初にエンカウントしたのはストーンゴーレムだ。

ドスドスと足音を立てて俺たちに向かってきたが、難なくスイが瞬殺。

次に現れたのは、鈍い銀色をしたゴーレムだった。

『あれはアイアンゴーレムだな。少々硬いのがやっかいだ』

『でも、熱には弱いだろ。もちろん相当の高温じゃないとダメだけどな。こんな感じのよ……』

ゴォォォォ――――ッ。

ドラちゃんの口から擬似ドラゴンブレスが放たれる。

アイアンゴーレムの頭部が猛烈な炎に包まれた。

そして、ドラちゃんの擬似ドラゴンブレスが収まると、そこには高温の炎で頭部を溶かされたアイアンゴーレムが力なく立っていた。

直後、頭部を失ったアイアンゴーレムは大きな音を立てて倒れていった。

『さすがだな』

『ドラちゃん、カッコいい～』

『へっ、どんなもんよ』

「ド、ドラちゃん……」

フェルとスイは感心してるけど、頭にドラゴンブレスってさすがにちょっと引くぞ……。

そうこうしているうちに、倒れたアイアンゴーレムが消えていった。

「ドロップ品があるな」

落ちていたのは鈍い銀色の塊と灰色の小石。

灰色の小石は魔石だろうけど、銀色の塊は鉄か？

でも、ドロップ品がただの鉄ってわけはないと思うんだけど。

『何だそれ。汚ねぇ色の塊だなぁ』

アイアンゴーレムを倒したドラちゃんはドロップ品に少々不満顔だ。

「まぁまぁ、ドロップ品なんだからそれなりに価値のあるもんだろ、きっと。ちょっと待ってて
……」

ドロップ品を鑑定してみる。

【アイアンゴーレムの欠片《かけら》】

魔鉄の素《もと》。アイアンゴーレムの欠片を素にした魔鉄は普通の魔鉄よりも価値が高い。

アイアンゴーレムの欠片で魔鉄の素か。

そういや、箱舟《アーク》のシーグヴァルドさんのウォーハンマーが魔鉄製だったな。

かなりの逸品って話だったし、魔鉄自体けっこうな価値があるものみたいだから、これもそれなりに価値があるんだろう。

鑑定でも〝アイアンゴーレムの欠片を素にした魔鉄は普通の魔鉄よりも価値が高い〟って出てるし。

『アイアンゴーレムの欠片と出ているな。魔鉄というものの素になるらしく、それなりに価値のあるものらしいぞ』

フェルも鑑定していたみたいで、鑑定結果をドラちゃんに教えていた。

『ほ～、そんなら無駄ってわけでもないのか。よし、ストーンゴーレムはスイがやれ。アイアンゴーレムは俺がやる』

『分かったー。石の魔物はスイがやっつけるー！』

それ以降、アイアンゴーレムはドラちゃんが、ストーンゴーレムはスイが担当して次々と撃破していった。

俺はもちろんドロップ品を拾うことに徹してたよ。

ゴーレムなんて相手にできるわけないじゃん、ハハ。

最後のボス部屋にも余裕で到達。

ここまで来ると冒険者も大分少ないようで、途中、1組だけ冒険者パーティーに遭遇したけど、アイアンゴーレムとストーンゴーレムを瞬殺するドラちゃんとスイを見て顎が外れるんじゃないかと心配するくらいポカーンと大口を開けてたのがちょっと笑えた。

そんなわけで難なくボス部屋に到達して、ボス部屋にいたアイアンゴーレムとストーンゴーレムの集団もドラちゃんとスイのコンビによってほんの数分で片付けられた。

ドロップ品を拾い集めた後、俺たち一行は33階層への階段を下りて行った。

そして、33階層。

33階層に到着してすぐに遭遇したのはアイアンゴーレムだ。

もちろんドラちゃんがすぐに擬似ドラゴンブレスで排除した。

それからも出てくるのはアイアンゴーレムばかりで、ドラちゃんの独り舞台。

ゴォォオッ、ゴォォオォッと口をパカリと開けて擬似ドラゴンブレスの劫火《ごうか》を噴きまくりだ。

戦えないスイはちょっと拗《す》ねてたけど、ここは魔物との相性もあるからね。

スイでもアイアンゴーレムを倒せないことはないだろうけど、火魔法が得意なドラちゃんに任せた方が無難だと思う。

フェルも同じ意見だったのか『次の階でがんばれば良かろう』とスイに言葉をかけていた。

俺も「次の階ではお願いね」と言ったら、何とかスイの機嫌も回復してくれたから良かったけど。

そんな感じでドラちゃんが先頭で出現するアイアンゴーレムを次々と屠りながら、俺たち一行は危なげなく悠々と33階層を進んでいった。

残すところボス部屋のみというところで、この階の功労者でもあるドラちゃんが一言。

『腹減った～』

大きく響いた実感の籠もったその念話に俺も苦笑いだ。

そりゃああんだけハッスルしてたら腹も減るわな。

『スイもお腹《なか》減ったー！』

『うむ、我もだ。それに、外の時間はみな寝静まる時間帯だ。今日はここまでにするぞ』

「それじゃあ今日はここまでにして、ボス戦は明日ってことにしよう。フェル、この近くにセーフエリアは？」

『こっちだ』

フェルに案内されて、俺たち一行は近くのセーフエリアの中へと入っていった。

◇　◇　◇　◇　◇

「ったく面倒なことを言い出すんだから……」

俺は愚痴をこぼしながら、ネットスーパーの画面を見ていた。

飯は作り置きのものでと思っていたら、フェルが『出来立てが食いたい。他の冒険者もいないのだから作れ』とか言い出してさ。

確かにセーフエリアには俺たち以外いない。作るとなったら少し時間がかかるぞと言ったんだけど、それでもいいって言ってさ。

作り置きだって俺の時間停止のアイテムボックスに入れといたものなんだから出来立てだってのに、フェル曰《いわ》く『お主が作るのを見て、出来上がったばかりのものを食うのとはまた違う』云々《うんぬん》。

スイも『あるじがお料理作るところ見るの好きー』とか言うし。

まぁ、これはちょっと嬉しかったけどさ。

で、一番お腹減ってそうなドラちゃんにも振ってみたんだけど、ドラちゃんも『ここ最近米が多かったからな、さっきの飯みたいにパンがいいな』なんて言い出す始末。

確かに、前の飯にはボロネーゼドッグ出したけどさぁ。

とにかくだ、そんなこんなで飯を作ることになってしまった。

それも、ドラちゃんのリクエストでパンに合うものを。

そんなわけでネットスーパーを物色中。

「ん？　ほ〜、今日は食パンが特売中なのか。食パン……。あっ！　ちょうどいい、食パンを使ったあれにしよっと」

閃《ひらめ》いたのは食パンを使ったなんちゃってピロシキだ。

ミックスベジタブルが余ったときにどう使おうかとネットで調べて前に作ってみた料理だ。

ダンジョン豚とダンジョン牛のひき肉もあるしちょうどいい。

割とお手軽にできたし、サクッとしたパンと間に挟んだ具もボリュームがあって美味かったから、これだったらみんなも満足してくれるんじゃないかと思う。

俺は、材料を思い出しながら足りないものをカートに入れていった。

「よしと、こんなもんでいいかな」

そして、アイテムボックスから食材と魔道コンロを出して準備ＯＫ。

まずはタマネギをみじん切りに。

フライパンに油を熱したら、みじん切りのタマネギを入れて透明になるまで炒《いた》めていく。

タマネギが透明になったところで、ダンジョン豚とダンジョン牛の合いびき肉を入れてひき肉に軽く火が通るまで炒めていったら、凍ったままのミックスベジタブルを投入。

ここで、顆粒《かりゅう》コンソメと醤油《しょうゆ》、塩胡椒《こしょう》を入れて全体に馴染《なじ》ませるように炒めていったら中身の具の完成だ。

具ができたところで、それを包む食パンの耳を切り取って軽く麺棒で潰す。

潰した食パンの周り1センチくらいを残して真ん中に具を載せて、残した1センチの部分に水で溶いた小麦粉を塗っておく。

上にかぶせるもう1枚の食パンも周り1センチくらいに水溶き小麦粉を塗ったら、具を載せた食パンの上にかぶせていく。

そして、水溶き小麦粉を塗って合わせた周りをフォークを使って押さえて閉じていく。

あとは全体にはけを使ってサラダ油を塗り、クッキングシートを敷いた天板にのせてオーブンで焼いていけば出来上がりだ。

うん、上出来上出来。

具は前に作ったときの味付けにしたけど、ケチャップ風味にしたりカレー風味にしても美味そうだな。今思ったんだけどさ。

次に作る機会があったら是非やってみよう。

おっと、そんなことはさておいて、今回の分をオーブンで焼いていこう。

天板をオーブンに入れて、点火。

少しするとパンの焼ける香ばしい匂いが漂ってくる。

『お、おい、まだか？　まだなのか？』

『あ～、この匂いたまんねぇ。腹減った～』

『いい匂い～。早く食べたいよー』

匂いに釣られてフェル、ドラちゃん、スイのトリオが集まってくる。

「もうちょっとな」

というかさ、そんな俺の真後ろでスタンバイしてなくったって、焼きあがったら出すってば。

もうちょい、もうちょい…………、よし、こんなもんかな。

オーブンを開けて、美味そうにこんがりきつね色に焼けた食パンピロシキとご対面したその時
……。

「行けっ、行けっ！」「今のうちだ！」「早く！」という声とともにダダダッと滑り込むようにセーフエリアに駆け込んできた一団が。

俺もいきなりでびっくりしたけど、向こうさんもびっくりしてこちらをポカンとした顔で見ていた。

固まる俺と入ってきた冒険者たち。

す、すんません。

そりゃあダンジョンの中でコンロ出して料理してたら驚くよな。

それこそ最悪の場合は生きて出てこられない命のやり取りをする場所がダンジョンなのに。

そこでのほほんと料理して食う。

改めて考えると俺たちって非常識だったわ……。

うう、何だか申し訳ない気持ちでいっぱいです。

そんな状況でも空気を読まない誰かさんが声を発する。

『おい、早くしろ』

フェルに急かされて、ハッと我に返った。

入ってきた冒険者たちもフェルの声に我に返っている。

一応「どうも」と声をかけると、向こうからも「あ、ああ」なんて返事がきた。

『おい、早くくれよ～』

今度は急かすドラちゃんの念話まで入ってくる。

まったくみんな空気を読むってことしないんだから。

ま、まぁ、とりあえずは空腹のみんなに食わせないといけないか。

出来上がった食パンピロシキをそれぞれの皿に大盛に載せていった。

「はい」

フェルとドラちゃんとスイの目の前に皿を置くと、腹を空《す》かせていたトリオは勢いよく食パンピロシキにかぶりついた。

『ウメー！　さっくり香ばしいパンの中にぎっしり肉が詰まってて美味いぞ！　今ならいくらでも食えるな！』

ドラちゃんは宣言通り、トリオの中では一番の小食ではあるが（それでも俺の3倍くらいは平気で平らげるんだけど）、その小さい体のどこに入るんだと疑問に思えるくらいにパクパクと食パンピロシキを平らげている。

『うむ、肉の中の細かい野菜はいらんと思うが、これはなかなかに美味いではないか』

フェルは細かいミックスベジタブルはいらんとか言ってるけど、その割にはバクバク食っている。

食パンを2枚合わせた食パンピロシキ1個を一口でモシャモシャしてるし。

ってか、食うの速すぎだろ。

『おいしー！』

スイは平常通りというか、いつもと同じく食欲旺盛に次から次へと食パンピロシキを体内に取り込んでいっている。

腹が減っていたのもあってみんな減りが速いな。

大量に作ってあとは焼くだけにしてあるからいいけどさ。

勢いよく食っていくみんなを見て、俺は食パンピロシキの第2陣をオーブンで焼き始めた。

パンの焼ける香ばしい匂いが漂い始めると、冒険者ご一行の視線がビシバシと突き刺さる。

い、いや、忘れたわけじゃないんだよ。

申し訳ない気持ちももちろんあるし。

だけどさ、フェルたちの飯は疎《おろそ》かにはできないし。

そんなことしたら非難囂々《ごうごう》だし、何よりこうしてダンジョンの中でも安全でいられるのはフェルとドラちゃんとスイのおかげでもあるから、飯を十分に食わせないなんてことはできないわけよ。

っとと、もうそろそろいいな。

オーブンからこんがりと焼けた食パンピロシキを取り出すと……。

グ～――――。

グゴォォォ――――。

盛大な腹の虫の大合唱。

その音の発生源を目で追うと、冒険者の一団と目が合った。

「い、いやぁ、すまんな。あんまりにも美味そうな匂いがするもんだからよ」

大柄で何とも個性的？　な冒険者が頰をポリポリかきながらバツが悪そうにそう言った。

その姿は、2メートルはありそうな身長に丸太のような腕で筋肉ムキムキ、髪はボサボサの長髪でもじゃもじゃの髭《ひげ》を蓄えて革鎧《かわよろい》を着て大斧を持った姿は冒険者というよりはどこかの蛮族と言ったほうがしっくりくる風体だ。

大柄な冒険者の言葉にパーティーメンバーだろう他の冒険者たちもバツが悪そうに目を逸《そ》らしながら「だよね」なんてつぶやいている。

「い、いえ、こちらこそこんなところで料理しててすみません」

「いやぁ、しかしよ、冒険者生活が長い俺でもダンジョンの中でそんなデカい魔道コンロを出して料理してるヤツは初めて見たぜ。ガッハッハッ」

そう言って大柄な冒険者が豪快に笑った。

「いやいや、噂《うわさ》にあったじゃん」

そう言ったのは、剣を携えた20代中ごろで180センチくらいはありそうな犬耳とフサフサの尻尾を持ったつり目イケメンの細マッチョ冒険者だ。

噂って、どんな噂だよ？

気になるな。

「えーと、あなたはフェンリルと小さいドラゴンとスライムを従魔にしたSランク冒険者のムコーダさんですよね？」

17、18歳くらいのクリッとした目がかわいいおかっぱのローブを羽織った魔法職だろう女の子がそう聞いてきたから「はい、ムコーダです」と笑顔で答える。

かわいい子には自然と笑顔になっちゃうね。

金髪でクリッとした青い瞳はフランス人形と見紛《みまが》うばかりのかわいさだけど、薄い胸がちょっとばかり残念だ。

「従魔連れの冒険者は、従魔にやるにはもったいないくらいの食事をせっせと作って与えてるんだって噂にあったじゃないか、アンタ」

大柄な冒険者を肘で突きながら、20代後半くらいのこげ茶色のショートカットに日に焼けた肌がまぶしいまるでアスリートのような長身で筋肉質な体型の槍《やり》を持った美女の冒険者がそう言うと、大柄な冒険者が「ああ、そういやそういう話もあったな」と今思い出したように頷《うなず》きながらそう返す。

食事をせっせと作って与えてる……、そんな噂あったんだ。

いや、間違ってないけど、間違ってないけどさぁ。

フェルもドラちゃんもスイも食いものに釣られて俺の従魔になったようなもんだからそうせざるを得ないというかさ、とにかく美味いものを出さなきゃいけないわけよ。

『おい、おかわりはまだか』

『俺もおかわり！』

『スイもおかわりー』

あっと、もう終わったのね。

俺はフェルとドラちゃんとスイの皿に食パンピロシキの追加を載せていった。

「それにしても美味そうじゃのう～」

冒険者一団の中、最後にそう声をあげたのは巨大ハンマーを背負った髭もじゃのドワーフのおっさん冒険者だ。

冒険者一団の目がトリオの皿の上の食パンピロシキに釘付《くぎづ》けだ。

『フン、そんなにもの欲しそうに見ていたってやらんからな』

「フェ、フェルッ」

そんなこといちいち言わなくっていいんだよー、ったくも～。

「え、ええと、たいしたものじゃありませんが、いります？」

申し訳ない気持ちもあったのでそう聞くと、みんなイイ笑顔で頷いた。

◇　◇　◇　◇　◇

「いや～、ウメェなぁ」

大柄な冒険者、アレクサンドロフさん（通称アレクさん）が4つ目の食パンピロシキを頬張りながらそう言った。

「ちょっとアンタ、少しは遠慮しなさいよ！　ムコーダさん、うちの旦那がすみませんね～」

アレクさんの胸を叩いて申し訳なさそうにそう言うのは、アスリート美女冒険者のファティマさんだ。

ファティマさんの「うちの旦那」発言のとおり、アレクさんの奥さんだ。

その関係を知ったとき、本気でアレクさんに面と向かってもげろと言いたくなった。

何でこんな蛮族みたいな人にこんな美人な奥さんがいるんだよ……。

不条理極まりないと思う。

「ダンジョンでこんな美味いもんにありつけるとは思わなかったな」

そう言いながら、こちらも3つ目の食パンピロシキを頬張る犬耳つり目のイケメン細マッチョ冒険者のアクセル。

「あ、こぼれてるよ」

そう言ってアクセルの胸元に散らばる食べこぼしを取ったりと、甲斐甲斐《かいがい》しくアクセルの世話を焼くのはおかっぱクリ目のかわいい女の子冒険者アデルミラちゃんだ。

これを見れば誰に言われなくても分かる。

アデルミラちゃんはアクセルに惚《ほ》れていることがな。

やっぱり顔かっ？　顔なのかっ!?

「これで酒があれば最高なんじゃがのう、ガハハハハハハッ」

酒と言えばドワーフ。

そう言ったのは当然ドワーフのおっさん冒険者のサムエルさんだ。

この5人は〝五芒星《ペンタグラム》〟というAランクの冒険者パーティーで、ここ2年はこの街を拠点にしてダンジョンに挑んできたという。

「ついこの間Aランクパーティーになってなぁ。もうそろそろ挑んでも大丈夫だと思ったんだが……」

話によると、アイアンゴーレムの欠片がどうしても欲しくて32階、33階層へと挑んだのだそうだ。

何でもサムエルさんの巨大ハンマーはアイアンゴーレムの欠片を素にした魔鉄製で、普通の魔鉄製よりも硬く頑丈で魔力のとおりが良い愛用の巨大ハンマーをことあるごとに自慢され、特に大斧を得物にするアレクさんとバスタードソードを得物にするアクセルにとっては傍《そば》で見ていてもその性能は喉から手が出るほど欲しいものだったそう。

それは他のパーティーメンバーも知っていたことで、Aランクに上がったこともあって挑もうという話になった。

ストーンゴーレムについては問題もなく余裕を持って倒すことも可能になっていたため、アイアンゴーレムが相手でも後れを取ることはないだろうというのがメンバー全員の大方の予想だった。

何よりも、ストーンゴーレムもそうだがアイアンゴーレムも動作が遅いことは調査済みだったから、いざというときは逃げの一手で対処できると思っていたということだった。

事実、ストーンゴーレムとアイアンゴーレムが混成して出てくる32階層では、ストーンゴーレムだけでなくアイアンゴーレムも3体倒して問題なく進むことができていた。

そして33階層へとやってきたわけだが……。

「アイアンゴーレムが同時に3体も4体も現れやがって、アホかってんだ」

アクセルがそう吐き捨てるように言った。

「俺たちでもさすがに3体も4体もを同時には相手にできなくてなぁ」

悔しそうにアレクさんがそう言う。

そんなわけでこの階では逃げに徹したのだという。

「ったく、結局手に入ったのは上の階で狩った3体分のアイアンゴーレムの欠片だけだもんなぁ。これじゃあ全然足りないぜ」

アイアンゴーレムの欠片でバスタードソードを新調するつもりのようだったアクセルがそう言って不貞腐《ふてくさ》れた。

「まぁ、そう腐るなって。上の階でコツコツ溜《た》めりゃあいいってことよ。な、そうだろ」

同じくアイアンゴーレムの欠片で大斧を新調するつもりのようだったアレクさんが自分にも言い聞かせるようにそう返す。

「アンタ、そうだけどさ、その前に上の階に戻れるかが問題だよ」

「地図もこの階になるとはっきりしてませんからね……」

ファティマさんとアデルミラちゃんがそう言うと、ペンタグラムの全員がため息を吐いた。

何でも、アイアンゴーレムとの追いかけっこで上へと続く階段がある元の場所へと中々戻ることができずにいるということだった。

体感だが丸2日くらいこの階で彷徨《さまよ》っているらしく、食料は十分持ってきてはいるが、大分疲労が溜まり始めているところだったそうだ。

「でも、ムコーダさんの飯で大分回復したな。本当に感謝するぜ。やっぱ温かくて美味い飯を食うと違うな」

アレクさんのその言葉に同意したペンタグラムの面々からお礼の言葉が返ってくる。

食事を少し分けたくらいで手助けになったのなら良かったと思う反面、あれっと思うことが。

ここってさ……。

『なぁ、フェル。ここってこの階のボス部屋の近くだよな？』

念話でフェルにそう確認すると『うむ。此奴《こやつ》らまったく逆方向に来とるな』と返って来た。

やっぱり～。

言い難《にく》いけど、これ教えた方がいいんだろうなぁ。

意を決してペンタグラムの面々に話をする。

「えーと、あの、言い難いんですが……、ここボス部屋の近くですよ」

俺の言葉に全員が目を見開いたあと、ガックリと肩を落とした。

気持ちは分かるけど、ガンバレとしか言いようがないね。

ご愁傷様です。

◇◇◇◇

「じゃ、世話になったな」

「いえいえ、こちらもいろいろとお話が聞けたので助かりました」

「こっちこそ助かったなんてもんじゃねえよ。ホント、ありがとな！　俺たちはこれからも当分の間はこの街にいるし、何かあったら手伝うからよ。冒険者ギルドに伝言してくれときゃあ駆けつけるからな」

アレクさんのその言葉にペンタグラムの面々は頷いたり「だな」と言っている。

「それじゃあまたな！」

ペンタグラムの面々はセーフエリアで一眠りした後、礼を言って去っていった。

フェルに頼んで上へと続く階段がある元の場所までのある程度の道順は説明してあるから大丈夫だとは思うけど。

こっちもいろいろと参考になる話が聞けたから助かった。

ここから先を探索する冒険者は2パーティーだけで、35階層を探索しているパーティーはメンバーの1人がケガを負って今は地上に戻っているという話だ。

アレクさん曰く「メンバーの1人が腕を1本持ってかれたらしいから、これからどうすんのかね。まぁ、その腕持ってかれたやつは可哀想《かわいそう》だが冒険者は廃業だろう。あとは残りのメンバーでダンジョン探索を続けるか、また別なメンバーを入れるか、これを機にパーティー解散かってことになるだろうけどな」とのことだった。

そして、現状このダンジョンの最深37階層を先行しているパーティーが現在も探索中とのことだった。

聞いた話によると、6人パーティーのうち2人がSランクでその他がAランクのこの国屈指の実力派のパーティーらしい。

それから、これより下の階層に出てくる魔物の話も聞くことができた。

もちろんペンタグラムの面々が事前に調べた範囲でという限定付きではあるが。

何でもこの下の34階層は、オーガが出てくるという話だった。レッドオーガやブルーオーガなどの色付きの特殊個体や上位種であるオーガキングなんかも出てくるらしい。

そして、35階も同じくオーガなのだが34階より出てくる数が段違いに多いという話だった。

重要なのが、このダンジョンに出てくるオーガは普通のオーガよりも格段に凶暴で鼻が利くらしく、人の匂いに敏感で冒険者を的確に追ってくるということだ。

アクセルが「元が人食いだからな。ヤツ等《ら》にとっちゃご馳走《ちそう》にありつけるまたとないチャンスを逃すものかってことなんじゃねぇの」と言っていた。

35階層を探索中だったパーティーのメンバーがケガを負ったのも、この凶暴なオーガに片腕を食われたかららしい。

フェルにその話をすると『ふむ、凶暴なオーガか。しかも、オーガキング……』なんて言ってニヤっとしてたから、少しはやる気が出たみたいだ。

34階はフェルも加わってトリオで攻撃にまわりそうだな。

そうなると、さらに探索が加速しそうなんだけども。

デミウルゴス様が言っていた問題の最下層に思ったよりも早くたどり着きそうな気がしてくる……。

ううっ、頭が痛い……。

◇　◇　◇　◇　◇

アイアンゴーレムがわんさかいた33階層のボス部屋もドラちゃんがサクッと撃破。

無数に散らばるアイアンゴーレムの欠片をせっせと拾い集めた後に、俺たち一行は34階層へとやってきた。

思ったとおり、この階からフェルが攻撃に参加するという。

『オーガキングがいたら我がやるぞ』

なんて宣言していた。

探索を始め、次々とオーガを屠りながら順調に進む俺たち。

フェルは、なかなか出てこないオーガキングに『つまらん』とか言って不貞腐れていたが。

色付きの特殊個体のオーガは何体か出てきたが、それも問題なくドラちゃんとスイが瞬殺していた。

しかし……。

「オーガのやつ、俺のこと狙ってたよな」

『まぁ、あれは人が好物だからな』

『ああ、人食いだからな』

「ドランのダンジョンにもオーガがいたけど、ドランのよりかなり凶悪な顔つきだよな」

『さっきここのオーガは格段に凶暴な奴《やつ》だと言っていただろう』

『だな』

分かってるよ、分かっちゃいるけど、フェルもドラちゃんもそんな簡単に言わないでくれよ。

2メートルを超える筋骨隆々の巨体のオーガが涎《よだれ》を垂らしながら俺にロックオン。

それが走って向かってくるんだぜ。

めっちゃ怖いんだからな。

思い出してブルッと震える。

『あるじー、大丈夫？　あるじは絶対にスイが守るから心配しないでー！』

「スイ、ありがとなぁ」

思わずスイにスリスリした。

その後はスイが宣言どおりにがんばってくれたのもあって、ほぼスイだけの戦力で34階層を突破することができた。

オーガがドロップするものが皮と魔石だけだったのがちょっと辟易《へきえき》したけど（オーガの皮ってなんかグロいし）、途中の部屋では宝箱も見つけることができたので、なかなかの収穫だった。

ちなみに宝箱には当然罠《わな》があったけど（開けると毒矢が飛び出す仕組みだった）、鑑定さんのおかげで余裕を持って対応できた。

中身は、宝石や貴金属類が多く出るこのダンジョンらしく中粒のダイヤモンドのペンダントヘッドとイヤリング、中粒ルビーの指輪と、小粒だけど様々な宝石がちりばめられたブレスレットが入っていた。

ボス部屋にはレッドオーガやブルーオーガ、それからグリーンオーガなんていう特殊個体もいたけど、スイの酸弾によって瞬く間に倒されていたから、結局どれくらい強いのかも分からず仕舞いだった。

そして、35階層。

ペンタグラムの面々から聞いていたとおり、オーガが出るわ出るわ。

どっから湧いてくるのか35階層の探索を始めた途端に俺たちの行く手を阻むように次々にわらわらと出てきた。

もっとも、フェルとドラちゃんとスイのトリオにかかればその多数のオーガもすべて瞬殺ではあったけど。

みんな目視した瞬間サクッと瞬殺していたからね。

それでも、数が多い分進行速度はグッと落ちていた。

「しかし、数が多いな」

『フン、数が多くともオーガ程度どうということはない。オーガキングなら遊び相手にはなるかと思ったが、まだ出てこんしな』

「まぁまぁ、とにかくこの大量のオーガを何とかしなきゃ下に進めないんだしさ」

オーガキングがなかなか出て来ないことに不満をこぼすフェルを宥めていると、ドラちゃんの念話が。

『おい、また来たぞ！』

『スイがやっつけるー！』

『ほぉ、今度はまた大量だな』

「ちょ、ちょっと、のん気に大量だななんて言ってる場合じゃないよ！　前も後ろもオーガだらけじゃないか！」

前方からも後方からも「グォォォッ」と雄叫《おたけ》びを上げながら多数のオーガが押し寄せてきていた。

『落ちつけ。我らがオーガ程度にどうにかされるわけがあるまい。ドラとスイは前方のオーガをやれ、我は後方のオーガを蹴散らす』

『おうっ』

『はーい』

通路の前方から来るオーガに対峙するドラちゃんとスイ、そして後方のオーガにはフェルが対峙する。

俺はその真ん中でオロオロしていると……。

ザシュッ――――。

フェルが前足を振り下ろすと同時に爪斬撃《そうざんげき》が繰り出され、前列にいたオーガたちが細切れになっていく。

それでも後方に控えていたオーガがこちらに向かってくる。

2回、3回と爪斬撃《そうざんげき》を繰り出すフェル。

3回目でようやくすべてのオーガを倒しきった。

ドシュッ、ドシュッ、ドシュッ、ドシュッ、ドシュッ――――。

ドラちゃんは氷魔法を撃ちまくって次々とオーガを撃破していく。

ビュッ、ビュッ、ビュッ、ビュッ、ビュッ――――。

スイの方も酸弾を連射して次々とオーガを仕留めていった。

オーガが一掃されたあとには、オーガの皮皮皮。

そして魔石が少々。

うへぇっとはなったけど、ここの階では他に拾ってくれそうな冒険者もいないのでとりあえずは拾ってアイテムボックスにしまっていったよ。

それからも数多《あまた》現れるオーガをトリオで確実に仕留めていった。

そして、ようやくボス部屋。

中を覗くと、普通のオーガに色付きの特殊個体、そして……。

「何だアレ……」

普通のオーガの倍はありそうな獰猛《どうもう》な顔をしたオーガが中央に仁王立ちしていた。

『ようやくオーガキングのお出ましか。あれは我が仕留めるぞ』

『ったくしゃあねぇな。んじゃ他のは俺とスイでな』

『分かったー！　いっぱいいるね～。スイ、いっぱいやっつけるー！』

割り振りも決まっていざボス部屋へ。

しかし、入る1歩手前で急にフェルが止まった。

『そういえばお主、このダンジョンではまだ戦っていなかったな？』

「え？　まぁ、まだだね」

『では、ここら辺で少しは腕慣らしをしておけ』

「は？」

『ドラ、スイ、此奴用にオーガを1匹だけまわせ。色付きのではなく普通のだぞ』

『おう、分かった。スイ、こっちでやるからお前はどんどん倒せよ』

『ん？　よくわかんないけど分かったー』

『それでは行くぞ』

「え？　ちょっと、1匹まわすって、勝手に決めるなよー！」

大声で抗議したけどフェルたちはそのままボス部屋へと突入してしまった。

俺も結局一緒に入る羽目に。

前方には凶悪な顔をしたオーガがずらり。

「グォォォ」とか「グガァァァ」とか威嚇するように雄叫びをあげまくっている。

そのオーガ相手に、なぜか強制的に俺も戦闘しなければならなくなってしまった。

人食いで、俺を見たら涎を垂らす連中だぞ。

不安しかない。

っとと、武、武器武器っ。

武器を出さないとっ。

無手であることに気が付いて、急いでスイ特製のミスリルの槍を取り出した。

腰が引けたへっぴり腰ながら槍を構えた。

そうこうしているうちにオーガとフェルたちトリオとの戦闘が始まった。

戦闘とは言ったけど、ほぼ一方的だった。

オーガキングの相手をすると言っていたフェルだけど、仁王立ちしたオーガキングに雷魔法をドカンと一発ぶちかましただけで勝負はついていた。

雷魔法を食らったオーガキング、そのまま数秒微動だにしなかったけどその後ゆっくりと後ろに倒れていったよ。

その他大勢のオーガはドラちゃんとスイがそれぞれ氷魔法と酸弾で的確に素早く仕留めている。

これなら俺は戦闘しなくていいんじゃないの？

必要ないよね？

そう思ってもそうは問屋が卸さなかった。

『おい！　そっちに1匹行ったからな！』

頭に響くドラちゃんの念話。

「グォォォォッ」

地の底から響くような叫び声とともに、凶悪な顔をしたオーガが涎を垂らしながら一直線に俺へと向かってきた。

「ギャーーッ！」

迫りくるオーガに思わず叫び声をあげる。

逃げようとするのだが、足がすくんで思うように動けない。

「グォォォォッ」

雄叫びをあげながらエサであろう俺をつかもうとするオーガ。

「ヒィッ……」

俺は恐怖から腰が抜けて尻もちをついた。

それが功を奏して、オーガの手から逃れた。

その隙に、俺は夢中でミスリルの槍を突き出した。

「こっ、コノヤロー！」

「グッ、グァッ……」

オーガの動きが止まる。

恐る恐る見ると、槍の先がサックリと心臓の辺りを突き刺していた。

今しかないと思った俺は、立ち上がって無我夢中でさらにグリグリっと槍を押し込んだ。

「グ……ァ………」

完全にオーガの力が抜けたのを見計らって槍を抜くと、その勢いでドサッと倒れるオーガ。

少しすると、そのオーガも消えていった。

「フゥゥ～」

一気に気の抜けた俺はその場に膝をついて息を吐いた。

『オーガ1匹にずいぶんと無様な戦い方だったぞ。前のダンジョンでは、もう少しマシだったのではないか？』

ちょっとばかり呆《あき》れた顔でそう言ってくるフェル。

ぐぬっ、そんなこと言われたって。

ドランからもエイヴリングからもしばらく経《た》ってるし、その間はあんまり戦闘なんてしてなかったんだからしょうがないじゃないか。

というか、元々戦闘なんかとは無縁のド素人《しろうと》なんだから、そんなのすぐには身につかないってば。

それに、ここのオーガはマジ怖いんだって。

涎垂らしたあの形相は夢に出てくるくらいだぞ。

『まぁまぁまぁまぁ、こいつの戦闘力に期待したってしゃーないの分かるだろ』

『あるじが弱くっても大丈夫だよー！　だってスイが守るもん！』

ちょっとドラちゃんその言いようはひどいからね。

それにスイちゃん、弱いって言わないの。

本当のことではあるけど、俺、泣いちゃうからね。

ハァ、やっぱり俺は戦闘には向いてないわ……。

36階層へと降り立った俺たち一行。

それと同時に遠くから鳴き声が聞こえてきた。

それがだんだんと近付いてくる。

「ウォンッ、ウォンッ、ウォンウォンッ」

けたたましい鳴き声とともに姿を現したのは、1匹1匹がフェルの大きさにも引けを取らないドーベルマンを巨大にしたような犬の集団だった。

「あれがブラックドッグか……」

ブラックドッグの集団が目前に迫っていた。

ペンタグラムからブラックドッグの話も聞いていた。

話している最中、ペンタグラムの面々が渋面だったのが印象に残っている。

ファティマさん曰《いわ》く「ここでブラックドッグなんか出してくるのがこのダンジョンのいやらしいところだよ」とのことだった。

アレクさんとアクセルが言うには、ストーンゴーレムとアイアンゴーレムは強いが、鈍足だからいざとなれば逃げることができる。

次に出てくるオーガも、数が出てくる35階は危ういが34階程度であればなんとか対応可能だし、オーガの動きが素早いとはいえ所詮は巨人、自分たちの方が素早く動くことができるため逃げることも可能だ。

しかし……。

「「ブラックドッグから逃げるのは無理だよな」」

声をそろえて2人はそう言っていた。

続いてアデルミラちゃんが「ブラックドッグは魔法を使いますからね」と言っていた。

なんでも風魔法を使ってさらに走るスピードをあげているそうだ。

あとは上位種になると、遠吠《とおぼ》えで一定時間恐慌状態にするなんてこともしてくるのだという。

「ストーンゴーレムにアイアンゴーレム、そしてオーガを相手にしてからのブラックドッグじゃあいくら何でも体力が持たんわい。だいたいブラックドッグほどしつこい魔物はなかなかいないぞ。いくら傷つこうが引き下がることをせんからな。決着がつくのは、あっちが死ぬかこっちが死ぬかのどちらかじゃ」

長命種であるドワーフのサムエルさんは、何度かブラックドッグと戦ったことがあるらしく嫌そうにそう言っていた。

しかし、あっちが死ぬかこっちが死ぬかって……。

「大丈夫なのか？」

ペンタグラムの面々から聞いていた何とも不穏な情報に少し心配になってそう聞いてみる。

『フン、あんな犬風情に我らがやられるものか』

そう言うと、フェルがブラックドッグの集団に向かって一声鳴いて威嚇した。

『アォォ―――ン』

フェルの鳴き声にブラックドッグの集団が急停止して怯《ひる》む。

しかし……。

「ヴゥー、ウォンッ、ウォンッ、ウォンッ」

ブラックドッグは唸《うな》り声《ごえ》をあげて再び向かってきた。

『フン、力の差もわからぬとはな……。此奴《こやつ》らはやはり馬鹿な犬どもだ』

フェルはそう言うと、前足を振り下ろした。

ザンッ―――。

フェルの爪斬撃《そうざんげき》を食らったブラックドッグの集団が一瞬のうちに細切れになって息絶えた。

ブラックドッグの骸《むくろ》が消えたあとには、小粒の魔石が残されていた。

「本当に魔石だけなんだな」

これもペンタグラムからの情報で、ここの階は厄介なブラックドッグが相手なのにもかかわらず、ドロップ品は少量の魔石のみということを聞いていた。

そもそもブラックドッグの素材というと皮と魔石くらいしかないらしい。

その皮も、丈夫なものはほかにいくらでもあるらしくあまり良いとは言えないらしいから、ブラックドッグは冒険者から嫌われる魔物五指に入るだろうという話であった。

『ドラ、スイ、犬を見たらすべて殲滅《せんめつ》だ。いいな』

『おう、分かってる。あいつら絶対引かないもんな』

『分かったー！』

「ドラちゃん、その言いぶりだと前に何度かやりあったことがあるのか？」

『ああ。何度かな。どこまでも付いてきてしつこくて参ったぜ。しつこさにかけては、ちょっと前のサル並みだぞ』

しつこいサルというと、ブラックバブーンか。

あれもしつこかったな……。

思い出してげんなりする。

『犬どもなどまともに相手にしてもつまらん相手だ。早急に下の階へ向かうぞ』

フェルのその宣言の下、俺たち一行はこの階層を早急に抜けるべく進むことになった。

ところが……。

『ああっ、もううっとうしいったらありゃしねぇな！』

ドスッ、ドスッ、ドスッ、ドスッ、ドスッ――。

ドラちゃんの氷魔法がブラックドッグの集団に降り注ぐ。

犬型で鼻の利くブラックドッグは、次から次へと俺たちの前に現れた。

『次はスイがやるよー！』

ビュッ、ビュッ、ビュッ、ビュッ、ビュッ、ビュッ――。

スイの酸弾に撃ち抜かれたブラックドッグが次々と地に伏せていった。

主にドラちゃんとスイが戦い、時々フェルも戦いつつ、ようやく俺たちはボス部屋へとたどり着いた。

「しかし、途中の部屋も捨てて進んだのにけっこう時間かかったな」

『此奴ら次から次へと湧いてきたからな。さすがにうんざりしたぞ。さっさとここを出て下に行くぞ』

『だなぁ。俺もさすがにうんざりしたぜ』

『スイはいっぱい戦えて楽しいよー』

フェルとドラちゃんはブラックドッグ相手はさすがに辟易《へきえき》してるようだが、スイちゃんは元気いっぱい。

『そうか。ならここはスイに任せたぞ。少々魔法のできる犬の上位種が交じっておるようだが、まぁ、神の加護のある我らには効かんだろう』

「上位種の魔法って、遠吠えで一定時間恐慌状態にするってやつか?」

『うむ。それもあるが、あとは同じく遠吠えで目を見えなくするというのもあるぞ』

え?　それは聞いてないぞ。

『まぁこれができるのは上位種でも一部ではあるが、そこの奴《やつ》はできるだろう』

ボス部屋にいる一際大きいブラックドッグを鼻先で指しながらフェルがそう言った。

「エエッ、だ、大丈夫なのかよ!?」

目が見えなくなるって、あのブラックドッグが相手じゃ一瞬だって致命的だろ。

『我らには神の加護がある。状態異常にはかからんから心配するな』

「ほ、本当だろうな？　スイに何かあったら……って、スイッ!?」

俺とフェルが話している最中にスイが『いっくよー！』とボス部屋に突撃してしまった。

俺は慌てて後を追いボス部屋へと入った。

その後にゆっくりとボス部屋へと入ってきたフェルとドラちゃんは、俺の慌てぶりにやれやれという感じで頭を振っていた。

『ったく、お前は心配性だよなぁ。見てみろよ、スイがあんなのにやられるわけないだろ』

ドラちゃんにそう言われて見ると、既に元気いっぱい戦闘を開始しているスイがいた。

上位種の遠吠えもものともせずに『エイッ、エイッ』と酸弾を撃ちまくっている。

ブラックドッグも何とかしてスイに近付こうと向かってくるが、すべてスイに撃破されて付け入る隙もなかった。

そして、ものの数分で数を減らしたブラックドッグはついに上位種1匹のみとなる。

自分以外を倒されて歯を剥《む》き出しにして涎《よだれ》を垂らして怒り狂うブラックドッグの上位種。

「ヴヴヴヴヴッ、ウォォォ――――ンッ」

唸り声を上げて一声鳴くとスイに突進した。

『あとはお前だけー。スイが倒すんだからーっ！　エイッ！』

突進するブラックドッグにも怯《ひる》むことなくスイが大きめの酸弾を撃った。

ビュッ――――。

「あ……」

スイの酸弾が当たった瞬間、ブラックドッグ上位種の頭が弾《はじ》け飛んだ。

この表現がいいのかわからないけど、とにかく当たった瞬間に頭が消えたのだ。

『ヤッター！　スイ全部倒したよー！』

ポンポンと飛び跳ねて喜ぶスイ。

「スイちゃん……」

『だから言っただろう。心配するなと』

『だよなぁ』

うう、ダンジョンに来るたびに俺のかわいいスイちゃんの戦闘力がヤバいほど上がっていく……。

俺の苦悩をよそに、拾い集めたドロップ品の魔石をフンスと渡してくるスイ。

褒めてほしそうなスイに苦笑しながら『スイ、よくやったな』と撫《な》でてやると、嬉《うれ》しそうにブルブル振動していたよ。

◇　◇　◇　◇　◇

そして、いよいよ37階層。

現状このダンジョンを最も先行しているパーティーがこの階層にいるらしい。

この国屈指の実力派のパーティーらしいけど、ペンタグラムの面々が言うには確かに実力はあるけどプライドも山のように高いらしくあまり好きにはなれないという話だった。

プライドが高いって面倒そうな人たちだな。

まぁこの階も広そうだし、おそらくかち合うことはないだろうけどね。

それにしても……。

「聞いていたとおり、広いな」

事前にペンタグラムの面々から聞いていたとおり、それまでより幅も天井の高さも4、5倍はあるだろう通路が目の前には広がっていた。

ペンタグラムの面々も37階層はとにかく広くて通路もそれまでとは段違いだというところまでは情報を得られたものの、それ以外については分からず仕舞いだったと言っていた。

出てくる魔物についても、過去の文献を調べても詳しいものはなく、先行している件《くだん》のパーティーにも聞いてみたらしいが、「そんな大事な情報を簡単に教えられるか」と皆口を閉ざしていたようだ。

「何が出てくるかわからないから身を引き締めて……」

『分かるぞ』

「え？　フェルは何の魔物が出るのか分かるのか？」

『うむ。匂いで分かるぞ。此奴は……』

「グモォオォオォオォッ」

突然響き渡る雄叫《おたけ》び。

そして現れたのは……。

「ミノタウロス？　にしてはデカ過ぎない!?」

その巨大な体に見合った肉厚な斧《おの》を持った巨大なミノタウロスがこちらに向かってやって来ていた。

とっさに鑑定してみると……。

【ギガントミノタウロス】

ミノタウロスの大型種。Sランクの魔物。ほどよくサシの入ったその肉は非常に美味。

『フハハハハハッ。ようやく肉を落とすのが現れたか。ドラ、スイ、あれの肉は美味《うま》いぞ！』

そう言いながらキランというかギランと光ったフェルの眼《め》。

さ、さすがフェル。

ギガントミノタウロスが美味いって知ってるんだな。

『何っ!?　美味い肉だと！　よっしゃー！　肉だ肉っ、肉をよこせー！』

美味い肉と聞いてテンションが上がりまくるドラちゃん。

『美味《おい》しいお肉ー！　お肉、お肉、お肉〜♪』

スイも美味い肉と聞いて興奮したのか高速でポンポン飛び跳ねていた。

『ドラ、スイ、分かっているな？』

『もちろん』

『うんっ』

え？

いや、何が『分かっているな？』なのよ？

『狩りまくるぞ！』

『ヒャッハー！』

『お肉ーーー！』

美味い肉を目の前にテンションの上がったフェルとドラちゃんとスイは、ギガントミノタウロスに突進していった。

そして、みんなからの攻撃を一斉に受けたギガントミノタウロスは一瞬にして沈んだ。

「エェ……」

肉のためとはいえ、みんなの苛烈過ぎる集中攻撃にちょっぴり引き気味になる俺だった。

◇　◇　◇　◇　◇

『おい、次の肉が来たぞ』

『よっしゃ肉ー！』

『お肉～』

「ちょっと、肉って言わないの」

フェルたちにとってギガントミノタウロスはもう肉にしか見えないようだ。

そして、三方からの集中砲火であっという間に倒されるギガントミノタウロス。

後に残ったのは大きな肉塊と牙と魔石。

肉塊を見たことでフェルたちのテンションが急上昇。

『おお～、肉が出た出た！』

『お肉、お肉、お・に・く～♪』

『うむ、美味そうな良い肉だ。しかし、すべてに肉が出るわけではないのがもどかしいな。まぁ、とにかくどんどん狩って肉を回収するしかない。ドラ、スイ、いいな』

『もちろんだ』

『うんっ』

最初のギガントミノタウロスを狩って大きな肉塊を得ると、フェルの宣言通りにギガントミノタウロス狩りへと繰り出した俺たち一行。

しかしながら、フェルが先ほど言ったようにすべてのギガントミノタウロスで肉がドロップされるわけではなかった。

これまでを見ると、およそ2割から3割という感じだ。

ドロップされる肉塊は大きいものの、待ちに待った肉でしかも美味いと分かっていれば肉好きのみんなは止まらない。

これまでに得たドロップ品の肉塊も2桁にはなっているが、まだまだ満足とは程遠いフェルとドラちゃんとスイだった。

その後もギガントミノタウロス狩りを続けた俺たち一行だったが、みんなの「腹が減った」の大合唱に一時中断。

フェルの体内時計によると、もうそろそろ夕刻の時間とのことで近場のセーフエリアで一泊することにした。

今日の朝飯、昼飯とも作り置きでサクッと済ませたこともあって、フェルからは『もちろん夕飯はさきほど得た肉だろうな』と鼻づらを押し付けられながらの念押しというか脅しをされて、夕飯ではギガントミノタウロスの肉を使うことにした。

ここはシンプルに一番肉の味がよく分かるステーキに。

最初は塩胡椒《こしょう》のみのステーキだ。

程よくサシの入った分厚い赤身肉が焼けていくその様は圧巻だった。

その肉の味も絶品で、フェルもドラちゃんもスイも次から次へと平らげていった。

結果、せっかく得たギガントミノタウロスの肉も半分近くに減ることに……。

とは言っても、ギガントミノタウロスの美味さをしっかりと味わったフェルとドラちゃんとスイは、改めてギガントミノタウロス狩りに闘志を燃やしていたけどね。

◇　◇　◇　◇　◇

一夜明けて、再びギガントミノタウロス狩りへと出発する俺たち。

『昨日はそれほど肉を得られなかったからな。今日はたくさん手に入れるぞ』

『うん！　今日はいっぱい美味しいお肉獲《と》るー！』

『まぁ昨日はこの階に来たのが遅かったからな。今日は1日中ここで狩るんだろ？　なら余裕余裕。

それによ、量が足りないようだったら、明日もここで狩りしてもいいし。なんてったって、美味い肉だからな。それだけの価値はあるさ』

『うむ、それもそうだな。足りなければ明日も狩りを続けるのもありか』

ギガントミノタウロスの美味い肉をしっかりと味わったからか、みんなのヤル気が昨日より増している。

それに、フェルとドラちゃんの間では量が足りないようなら明日も狩りを続けるとか決めちゃっているようだし。

ま、まぁ別にいいけど、こうなるとギガントミノタウロスがいささか気の毒になってきた。

そうは言っても肉大好きのフェルたちトリオが狩りを止めるはずもなく、今日もギガントミノタウロスは張り切るトリオに次々と狩られていった。

途中にあった部屋も入って漏れなくギガントミノタウロスを倒しつつ進んでいると、前方から刃物がぶつかる音やら爆発音、そしてがなり声が聞こえてきた。

ガキンッ、ギンッ――――。

ドカンッ――――。

「そこだっ、いけーっ！」

6人の冒険者がギガントミノタウロスと戦っていた。

バスタードソードを振り上げてギガントミノタウロスに斬りかかる大柄な冒険者。

身軽さを武器に片手剣で執拗《しつよう》に足を狙う細身の冒険者。

大斧を膝に叩《たた》き付ける大柄な獣人冒険者。

火の魔法を顔にぶつける少しキツイ顔立ちの女性冒険者。

チクチクと腕を狙って矢を次々と放つエルフの女性冒険者。

そして……。

「テイマーか」

フェルと同じくらいの大きさの赤い毛並みのトラを操り盛んに攻撃を仕掛けていた。

これが件《くだん》のこの国屈指の実力派冒険者パーティーなのだろう。

実力派というだけあって、連係の取れた攻撃は見事だった。

『おい、何を呆けておる？　しっかりつかまっていないと振り落とされるぞ』

実力派冒険者パーティーの戦いに目がいって、フェルにつかまっていた手の力が緩んでいたようだ。

「ごめん、ごめん」

そう言いながらしっかりとつかまり直した。

気付いたフェルが止まってくれていたから助かったけど、このままだったら振り落とされてたな。

危ない危ない。

『さっさと行こうぜ。俺たちの肉が待ってんだからよ』

ドラちゃん、俺たちの肉ってね……。

まったくもう。

「ハァ、分かったよ。それじゃ、邪魔しないように脇からね。スイは手を出しちゃダメだからな」

『分かったー』

プライドが高くてちょっと面倒そうな人たちだし、絡む必要もないからそそくさとその場を離れることにする。

邪魔にならないように脇から素早くすり抜ける俺たち一行。

さすがに気付いた実力派冒険者パーティーの面々が一瞬目を見開いて驚いていたけどね。

脇をすり抜けて先に進もうとしたその時……。

カツン――――。

「え？」

矢が足元に落ちていた。

「流れ矢かっ」

ひえ～。

戦闘してる真《ま》っ只中《ただなか》をすり抜けるんだから、たまにはこういうことも起きるか。

「危なかったー。ダンジョンに入る前にフェルに結界を張ってもらっておいて正解だったわ」

難関ダンジョンということもあって、何があるかわからないし念のためフェルにお願いして俺とドラちゃんとスイには結界を張ってもらっていたことが功を奏した。

「ありがとなー、フェル。って、どした？」

フェルが何だか知らんけど、戦闘中の実力派冒険者パーティーの面々を眉間に皺《しわ》を寄せて睨《にら》んでいた。

「何だよ、流れ矢だろ？　戦闘中なんだから、そういうこともあるだろ。睨まない睨まない」

『ハァ、これだから能天気なヤツは……』

「能天気って何だよ、ドラちゃん」

『ドラ、此奴にそういう機微を知れと言っても無駄だろう』

「何だよそれ。何かあるなら言ってくれなきゃわかんないっての」

まったくフェルもドラちゃんも訳のわかんないこと言ってんだから。

『ねぇねぇ、早くお肉獲りにいこうよー』

『うむ、そうだな。こんなところで手間取っている暇はない』

『だな。肉だ肉ー』

スイに急《せ》かされたことで、俺たち一行はギガントミノタウロスを求め再び進み始めた。

～side　冒険者パーティー～

ムコーダ一行が去ってから少しして戦闘が終了した。

実力派冒険者パーティーの勝利だ。

腐っても実力派だと言われるだけはあった。

「ハァ、疲れたぁ～」

そう言いながらキツイ顔立ちの女性冒険者が座り込むと、バスタードソードを持った大柄な冒険者をそのキツイ目でキッと睨みつけた。

「というかさ、リーダー、どうなってんのよ!?　アタシたちがこのダンジョンで一番先を行ってるはずじゃなかったの！」

「俺もそこんところ聞きてぇな」

大斧を持った大柄な獣人冒険者もそう続いた。

「知らねぇよ！　ただ、あいつが誰かってのは想像がつく」

バスタードソードを持ったリーダーが苦虫を嚙《か》み潰したような顔でそう返した。

「誰よ？」

「フェンリルを連れたSランクのテイマー……。このダンジョンに来るって少し前から噂《うわさ》になってただろう」

テイマーの男が赤い毛並みのトラの頭を撫でながらそう言った。

「チッ、ポッと出のテイマーなんぞに俺たちの栄誉を奪われるなんて腹が立つぜっ！　だいたいよう、フェンリルフェンリルってみんなありがたがってスゲェだのなんだの騒いでるけど、実際その実力を見たやつなんて誰もいないんだろ？　なんせ最近までフェンリルなんて本で読むくらいで、誰1人実物なんて見たことなかったんだからよ。買いかぶり過ぎなんだよ！」

　片手剣の細身の冒険者が憎々しげに顔を顰《しか》めながらそう言う。

「俺だって腹が立つ。みんなで苦労してここまで来たんだぞ、それなのに……。だから禁じ手でも指示したんだよ、リーダーとしてな。戦闘の最中ならいくらでも言い訳が立つからな」

「死ぬほどではないけど、深手を狙って肩を狙ったわ。それならたとえ上級ポーションを持っていても、利口な冒険者なら地上に戻るはずだもの。だけど阻まれた。アイツ、何かの魔道具で身を守ってる」

　そう言ってエルフの女冒険者が悔しそうにギリリと唇を噛み締める。

「何よ、魔法が付与されたご自慢のエルフの弓でも通じないっていうの？」

　嫌みったらしくキツイ目の女冒険者がそう言うと、エルフの女冒険者がキッと睨み返しながら言い返す。

「それならアンタのご自慢の火魔法をお見舞いしてやればよかったじゃない」

「ハンッ、殺してもいいっていうならいくらでも当ててやったわよ」

「止めろっ。仲間内で言い合っててもしょうがない。とにかくだ、このダンジョンを最初に踏破するのは俺たちだ。そこだけは何があろうと譲れない。何があろうとな。……みんないいな？」

　リーダーがそう言うと、他のメンバー全員が神妙な顔をしながら頷《うなず》いた。

◇◇◇◇◇

ギガントミノタウロス狩りに精を出す俺たちというかフェルとドラちゃんとスイ。

見つけたギガントミノタウロスは即狩っていくということを繰り返し、ドロップ品の肉塊も大分数が集まってきていた。

とは言っても、フェルとドラちゃんとスイにとってはまだまだ満足する量には達していないらしいが。

フェル曰く『次はいつ手に入るかわからんからな』だそうで、とにかく狩れるだけ狩っていくつもりのようだ。

ドラちゃんとスイもそれには同意らしく、みんなでせっせとギガントミノタウロス狩りに勤《いそ》しんでいた。

『え〜、また肉なしかよぉ……』

倒したギガントミノタウロスのドロップ品が皮とメイスと魔石だったことにガックリするドラちゃん。

『スイもお肉出なかったのー』

スイが倒したギガントミノタウロスのドロップ品にも肉はなく、角と皮と魔石でショボンとしている。

『クッ……、我もだ』

フェルに至っては皮と魔石がドロップされただけで渋い顔をしていた。

「さっき倒したときは肉が出たんだからいいじゃないの」

ドロップ品を拾いつつそう声をかけるが、やはり全部に肉が出てこないことがもどかしいようだ。

『チッ、倒したら全部肉が出てくりゃあいいのにな』

『スイもそう思うなぁ。全部美味しいお肉が出てきたらいいのにねー』

『我もそう思うが、これもダンジョンの理《ことわり》だ。仕方がない。次に行くぞ』

俺を置いて次のギガントミノタウロス狩りに向かおうとするフェルに慌てて声をあげた。

「あっ、待て待て！　俺を乗せて行けよー！」

『あぁもう、早く乗れっ』

こんなところに置いていかれてはたまらないと急いでフェルの背中によじ登った。

「ったく、肉を確保したい気持ちは分かるけど俺を置いていくなよなぁ。ここに置いていかれたら、俺、確実に死ぬからな！」

あんなデカブツ相手にするなんて無理無理、アッハッハ。

死ぬ未来しか見えないわ。

『ハァ……。お主という奴《やつ》は……』

『それ威張って言うことじゃあないよなー』

クッ、フェルとドラちゃんが呆《あき》れてる感じなのは何故《なぜ》だ。

俺は本当のことを言っただけだぞ。

『あるじのことはスイが守るから大丈夫だよー』

スイちゃん……。

俺の癒《いや》しはスイちゃんだけだよ。

◇　◇　◇　◇　◇

まるで流れ作業のごとく次々とギガントミノタウロスを屠《ほふ》るフェルとドラちゃんとスイの無敵トリオとそのドロップ品回収係に徹している俺。

そして、肉を求めてギガントミノタウロスを狩りまくる無敵トリオの前に次なる獲物が。

長い通路の先をうろつき回っているギガントミノタウロスは、まだこちらには気付いていないようだ。

『4匹か。肉が出るといいがな』

『だな』

『お肉でろ～』

余裕でそんなことを言い合う無敵トリオ。

『む……。気付いているか、ドラよ』

『ああ。後ろから来てるやつらだろ？　殺気漏れ過ぎだぜ』

『彼奴《あやつ》ら、我らが狩りをしている間に此奴を亡き者にでもしようと思っているのだろう。小賢《こざか》しい阿呆《あほう》の極みよ』

『ま、どうせ狩りなんて一瞬で終わるんだからその後にガツンとやりゃあいいんじゃないの。どうせ何かあってもフェルの結界があるから大丈夫なんだろ？』

『うむ。此奴の結界は特に頑丈にしてある。ドラゴンブレスさえも防ぐほどの強度があるぞ』

『ハハッ、心配性だなぁ』

『難関と言われておるダンジョンらしいからな。念には念を入れたまでだ。美味い飯が食えなくなるのは嫌だからな』

『違いねえ』

『しかしドラよ、小賢しい阿呆どもにわざわざ我らが直接手をかける必要はないぞ。人間のそういう輩《やから》には、圧倒的な力の差を見せつけるに限る。魔物と違い人間は多少なりとも知恵を持っているからな。絶対に敵《かな》わぬ相手の見極めくらいはできるのが救いだ』

『圧倒的な力の差を見せ付けてヤツ等《ら》の心を折るって寸法か。言っちゃなんだけどエゲツねぇな。フハハ。まぁ、面白そうではあるけどよ』

『ククク、自業自得というものよ』

なんだか分からないけど、フェルとドラちゃんがものすごい悪い顔してる……。

「ちょっと、フェルもドラちゃんもなんか悪い顔になってるぞ。ときどきやってるみたいだけど、俺抜きで直接念話か？　俺も交ぜろよな。お前らだけで話してると、何話し合ってんのかって不安になるよ、まったく」

『気にするな。たわいもない話だ』

『そうそう』

そんなやりとりをしていると、俺たち一行にようやく気付いたギガントミノタウロスのうちの1匹が雄叫びをあげた。

「ブモォォォォォォッ」

その雄叫びで他のギガントミノタウロスも俺たち一行をロックオン。

ドスドスと音を立てて4匹のギガントミノタウロスがこちらへと向かって来た。

「お、おいっ、向かって来たぞ！」

4匹のギガントミノタウロスが迫り来る迫力に押され気味の俺が声をあげるが、フェルとドラちゃんとスイの無敵トリオは焦る様子など微塵《みじん》も見せずにそれを余裕で待ち構えていた。

『……そういうわけだ。ドラ、スイ、あの肉どもは一撃で倒せ。圧倒的な力の差というものを見せ付けてやるのだ』

『フハハッ、了解！』

『よくわかんないけど、ビュッてやって倒せばいいんだよね？　スイ、やるよー！』

「グモォォォォォォッ」

威勢のいいギガントミノタウロスの雄叫びとともにぶつかり合う両陣営。

ビュッ――――。

スイは大砲かと見紛《みまが》うばかりの酸弾をギガントミノタウロスの胸にぶち当てて風穴を開ける。

ゴスッ――――。

ドラちゃんは極太の先の尖《とが》った氷の柱を脳天から突き刺してギガントミノタウロスを串刺しにした。

ヒュンッ――――。

フェルの目線の先にいた2匹のギガントミノタウロスを包むように一陣の風が吹く。

次の瞬間、輪切り状になったギガントミノタウロスがドチャッと崩れ落ちた。

ほんの数秒のうちに決着はついていた。

「本当にデタラメな強さだよなぁ、お前らって」

トリオの一撃必殺の攻撃を見て、改めてしみじみとそう感じる俺だった。

～side　冒険者パーティー～

青い顔をしながら必死に走る6人の冒険者。

途中遭遇したギガントミノタウロスも構わず避けるようにしてとにかく逃げた。

Sランクのテイマー、いや、その従魔たちから逃げるように。

走りに走って相当の距離を稼げたと確信したとき、ようやく近場のセーフエリアへと逃げ込んだ。

「な、なんなのよっ、アレはっ！」

この国屈指の実力派冒険者パーティーのメンバーの1人であるキツイ顔立ちの女性冒険者がヒス

テリックに叫んだ。

「ギガントミノタウロスを一撃で……。化け物だわ……」

エルフの女冒険者が青い顔のままそうつぶやいた。

「あんなのに敵うわけがないっ！　フェンリルが大したことないなんて大嘘《おおうそ》じゃないの！」

キツイ顔立ちの女性冒険者がフェンリルの実力を訝《いぶか》しんでいた片手剣の細身の冒険者に対し、ヒステリックに叫びながら食って掛かった。

「俺は大したことないなんて言ってないだろっ！　買いかぶり過ぎだって言っただけだ！」

青い顔をしながらも細身の冒険者はそう言い返した。

キツイ顔立ちの女性冒険者は、魔法職なだけにフェンリルの凄《すさ》まじさを実感していた。

「……あのフェンリル、まったく動かなかったわ」

そう言ったキツイ顔立ちの女性冒険者は震えていた。

「だから何だっていうんだよ？」

眉根を寄せた大斧を持った大柄な獣人冒険者がそう聞く。

「微動だにしないままあれだけの威力の魔法を撃てるってことよ！　あの小さいドラゴンにしても同じよ！　あんな威力の氷魔法なんて見たことないわよっ！」

恐怖の表情を浮かべながら、キツイ顔立ちの女性冒険者が再びヒステリックに叫んだ。

「フェンリルとドラゴンだけではない。あのスライムも只者《ただもの》ではなかった」

青い顔をしたテイマーが神妙な面持ちでそう言った。

そのテイマーの従魔である赤い毛並みのトラは、圧倒的な力を放つフェンリルとドラゴンとスライムに中《あ》てられたのか所在無さそうに不安そうな様子でセーフエリアの中をウロウロと動き回っている。

「そうよ、あのスライムもおかしい。スライムなんて雑魚中の雑魚のはずじゃないの……」

スライムの攻撃を思い出したのか、エルフの女冒険者が震えながらそう続けた。

「向こうからは見えていなかったはずなのに、攻撃が終わった後、フェンリルの奴は俺たちの方を見ていた……」

今の今まで黙っていたこのパーティーのリーダーである大柄な冒険者が眉間に皺を寄せながらボソリとそう言った。

確かにリーダーの言うとおりだった。

探索中に再びかち合うことになったSランクテイマー。

先に気づいたのはこちらで、あちらは気付いていないはずだった。

それならばと、みんなで覚悟を決めてSランクテイマーを亡き者とするはずが……。

しかし、リーダーの「フェンリルの奴は俺たちの方を見ていた」という言葉でメンバー全員が悟った。

あの壮絶な、そして圧倒的な力は、自分たちに見せ付けるためだったのだと。

「あ、あんな化け物を相手にして死ぬのはゴメンよ！」

「私もあんなのを相手にしたくないわっ」

女性陣の必死な言葉に、他のメンバーもあの圧倒的な力が自分に向いたときのことを想像して苦《く》悶《もん》の表情を浮かべた。

あの力が自分たちに向けられたら……。

考えるだけでもゾッとする事態だった。

そして、リーダーである大柄な冒険者は目を閉じて熟考し結論を出した。

「予定変更だ。あいつ等には関わらない。そして、とにかく早期にこの階層を離脱して下の階層へと向かう。……何としても俺たちがこのダンジョンを最初に踏破するんだ」

リーダーの言葉に未《いま》だ顔色の悪いメンバー全員が頷く。

この冒険者たちには、ここまで圧倒的な力を見せつけられてもダンジョン踏破を諦めるという選択はなかった。

ダンジョン踏破者……。

名誉も金も思うがままに手に入れられるその称号にこの冒険者たちは魅入られていたのだった。

◇◇◇◇◇

『なぁフェル、もうそろそろ下の階層へ行こうぜ』

『むぅ、肉もそこそこ溜《た》まったしドラの言うことにも一理あるか。しかしなぁ、肉はもう少しあってもいいような気もする』

『だけど、それ言ってたらキリがないぞ』

『確かにな。それに下の階に行くまでにはまだそれなりに狩れるか。よし、下の階層へ向かうとするか』

フェルとドラちゃんの話がまとまったようだ。

進むかどうかは主戦力であるみんなにお任せで、俺はそれに引っ付いていくだけって感じだからね。

「それじゃこれからはボス部屋へ向かって進むってことだな」

『うむ。それまでの間、狩れるだけ狩っていくぞ。ドラ、スイ、いいな』

『最後の肉確保だな。たくさん落としてくれよ～』

『これで最後かぁ。いっぱいお肉が出るといいねー。スイ、がんばる』

ボス部屋へ向けてラストスパートだ。

フェルとドラちゃんとスイは、ボス部屋までの間に現れたギガントミノタウロスは1匹も漏らさず撃破していった。

その甲斐《かい》あって、追加でそこそこの数の肉塊を確保することができた。

そして……。

「あれがボス部屋か」

『うむ』

フェルが案内したボス部屋の入り口は重厚な扉で閉じられていた。

「よし、開けるぞ」

この階に見合う大きな扉を両手を使って押した。

しかし、扉はビクともしない。

「あれ？　もっと力を入れないとダメかな？」

力が足りないのかと思い、今度は肩を使って体重を乗せて力いっぱい押してみた。

それでも扉は微動だにしなかった。

「おかしいなぁ」

『おい、開かねぇってことは先に入っている奴がいるってことじゃねぇのか』

ドラちゃんにそう言われてそうかと思った。

「そういやこの階にはもう一組いたもんな。そっか、ちょうどボス部屋に来るのが重なっちゃったか。とは言え先に入ってるならしょうがないもんなぁ」

『おい、そうなるといつ開くかわからんぞ』

「そうだよなぁ。ボス戦がいつ終わるかわからないし」

『それだけではない、終わったとしてその扉がすぐに開くとは限らんだろう』

「確かに……」

このダンジョン、今までもそうだったけど次に魔物が湧くまでのクールタイムが階層ごとにまちまちだって話だし、実際かなり待った階層もあったもんな。

この階層について情報がないにしても、ここにきてクールタイムがまったくないってことはないだろうし。

『そういうことだ。今日はここまでにして、明日にでも入ればよかろう』

「あれ？　もうそんな時間なのか。じゃあそうするか」

今日は飯食った後は、休みもなしに狩りに勤しんでたからなぁ。

それに付き合わされた俺もちょい疲れ気味。

フェルの提案は、そんな俺にとっては願ったり叶《かな》ったりだった。

「で、近くにセーフエリアはあるの？」

『うむ、すぐそこだ』

◇　◇　◇　◇　◇

セーフエリアに入った途端に飯飯と騒ぎ出した食いしん坊な無敵トリオのために、俺は早速夕飯の準備に取りかかった。

「さて、何を作ろうかな」

アイテムボックスにあった作り置きの飯もいよいよ少なくなってきているから節約だ。

そもそもが旅のために作ってあったものの残りだったから、それほど量があったわけじゃないしね。

作り置きは時間に余裕のない朝飯や探索途中の昼飯で使いたいから、夕飯は作るようにした。

夕飯なら食後休憩してあとは寝るだけだから多少時間の余裕もあるし。

「みんなのリクエストは、またギガントミノタウロスの肉でってことだったんだよなぁ。う～ん……、あ、久しぶりにすき焼きってのもいいかも。ギガントミノタウロスの肉で作ったら美味そうだし。ってか、すき焼きが思い浮かんだら無性に食いたくなってきたわ。よし、今日はすき焼きにしよう」

そうと決まればネットスーパーを開いて、次々と材料を買い込んでいく。

ネギ、白菜、焼き豆腐、しらたき等々。

そして忘れちゃいけないすき焼きのタレ。

簡単だし間違いない味だから、家ですき焼きをするときはいつもこれだぞ。

材料を切ったら、ダンジョン牛の脂身（ギガントミノタウロスは脂身が少ないからこちらを使うことにした）を熱したすき焼き鍋に溶かしてネギを焼いていく。

ギガントミノタウロスの肉を軽く焼いて色が変わったら、すき焼きのタレを入れて弱火に。

あとは白菜、焼き豆腐、しらたき等々を入れて煮ていけば出来上がりだ。

「あー、いい匂い。この匂い、たまらんな……」

何とも言えない甘さを含んだ醬油《しょうゆ》の香り。

恐ろしく食欲を刺激する香りだ。

『いい匂い～』

スイが俺の横にやってきてそう言いながらプルプル震えていた。

しかし、この匂いに釣られてやってきたのがスイだけとは解せないな。

そう思いながら右後方を見ると、フェルとドラちゃんが何やら顔を寄せ合っていた。

また自分たちだけで念話で話しているんだろう。

きっとろくでもない話なんだろうなと想像する。

だってフェルもドラちゃんも悪い顔してるし。

まったく何を話し合っているんだか……。

『おうおう、あいつこっち見てんな』

『大方また我とドラが悪巧みでもしていると思っているのだろうよ』

『悪巧みじゃねえが、ろくでもない話ではあるな。ハハ』

『まぁ、こちらは何の手出しもしていない。すべては彼奴ら自身の責任だろう。滅ぶにしても先に進むにしてもな』

『そりゃあそうだわな。つっても、あの実力じゃあ下の階へ進める可能性はかなり低いだろうけどな』

『それも含めて決断して中へ入っていったのは彼奴ら自身ということよ』

『でもよ、あの扉フェルなら開けられなくはなかったんだろ?』

『まぁな。此奴には言うなよ。知ったらうるさいからな。我くらいになるとおおよその魔力の流れが見えるのだが、あの扉は雷魔法に弱そうだったからな。おそらくだが雷魔法を一発浴びせれば開いていただろうよ』

『そこまで分かっててあいつに言わなかったってことは……』

『此奴を亡き者にしようとしていた者たちだぞ。助けてやる義理はない』

『だよなぁ。ま、ここはダンジョンなんだから死にたくなきゃあ自分の実力に見合った場所で探索しろよってこったな。ま、今頃身に染みてるだろうけどよ、ハハハッ』

『まぁ、我らには関係のないことよ。ククク』

フェルとドラちゃんをジト目で眺める。

なんかフェルとドラちゃんがさっきよりも悪い顔してるんだけど。

『あるじーブクブクしてるよー』

「おっと、もうそろそろ煮えたかな」

『わーい、ご飯ご飯ー』

フェルとドラちゃんが何を話していたのかは気になるけど、まずは飯だな。

フェル、ドラちゃん、スイの専用の皿に卵を割って軽く溶いたら、ギガントミノタウロスの肉多めそれ以外の具材は少なめによそって卵をよく絡める。

「はい」

『む、これは前にも食ったことのある匂いだな』

「ああ、すき焼きだ。確か前はワイバーンの肉で作ったな。ギガントミノタウロスの肉でも美味そうだって思って作ってみたんだ」

『おお、美味いぜ！　卵が絡むと絶妙だ！』

『甘くてしょっぱい味のお肉と卵、すっごく美味しい～。スイ、いくらでも食べられるよー』

『うむ、美味いな！』

だよねぇ、何てったってすき焼きだもんな。

さて、俺も食おう。

いそいそと俺が用意したのは、こんもりとよそられた白飯。

そして、ここに溶いた卵をたっぷり絡めたギガントミノタウロスの肉を載せて、その肉で白飯を包んだら……、パクリ。

「ク～、美味い！　ちょっと下品かもしれないけど、これは止められないね」

すき焼きのタレの味が染み込みつつもしっかりと本来の肉の味を失わないギガントミノタウロスの肉とそれをまろやかな味わいに昇華してくれる生卵、そしてそれを受け止める白飯。

もう最高としか言えないね。

『おい、おかわりだ！　卵に入れるのは肉だけでいいからな。というかむしろ肉だけしか入れるな』

「ちょっ、フェル」

美味いのは分かるけど、すき焼きの肉だけって贅沢《ぜいたく》過ぎるだろ。

『おっ、それいいな。俺も肉だけでな』

『スイもお肉だけがいい～』

「いやいやダメだからね、みんな。そんなことしたら野菜だけ残っちゃうでしょ。そうじゃなくても野菜は少なめにしてるんだから、野菜も食わなきゃダメ」

しっかりと野菜もよそっておかわりを出してやると、みんなブー垂れつつも美味そうに食っていった。

「味の染みた野菜も美味いんだけどねー」

そう言いつつ卵の絡んだネギをパクリ。

「うん、美味い」

～side　冒険者パーティー～

ムコーダ一行がギガントミノタウロスのすき焼きを存分に堪能していたちょうど同じころ。

「こんなの聞いてない！　何でこんなに出てくるのよ！　話が全然違うじゃないっ！！！」

ありありとした恐怖の表情を浮かべてキツイ顔立ちの女性冒険者がヒステリックに叫ぶ。

「こんなっ、こんな数を相手にするなんて無理よ！　逃げないと！」

エルフの女冒険者が後方を気にしながら、入ってきた扉を開けようと必死に押した。

「開かない！　開かないわっ！」

ビクともしない扉に焦りの入った形相で叫ぶエルフの女冒険者。

「手伝うわ！」

命のかかったこの時ばかりはキツイ顔立ちの女性冒険者も協力して必死に扉を押した。

「無駄だ！　決着が付くまでは開かない仕様になってるんだろうよ！」

リーダーが眼前のギガントミノタウロスから目を離さないまま声をあげた。

部屋の中には総勢12匹のギガントミノタウロスがひしめいていた。

際どい部分はあるものの、このメンバーならば何とか1人で1匹を倒す実力はある。

しかし、この数となると何の犠牲もなしに通ることは到底無理そうであった。

リーダーの額から冷や汗が滴り落ちる。

「逃げることが叶わないなら、あいつ等を倒すしかない。生き残るにはそれしかないんだ、みんな覚悟しろ」

生き残れるかどうかの瀬戸際。

そういう場面に遭遇していることは、メンバー全員がそれぞれひしひしと感じていた。

「グモォォォォォォッ」

ギガントミノタウロスの雄叫びが部屋の中に響き渡る。

「やってやる、やってやんぞ！」

自分を叱咤《しった》しながら愛用している大斧をきつく握りしめる大柄な獣人冒険者。

「俺は絶対に死なない！　このダンジョンを踏破するんだ！　そして名誉も金も手に入れる！」

自分に言い聞かせるように自分を奮い立たせる片手剣の細身の冒険者。

「絶対に生き残るぞ。やれるな？」

従魔である赤い毛並みのトラに言い聞かせるテイマー。

そして健気《けなげ》にも主に従おうとする赤い毛並みのトラは「ガゥ」と短く返す。

「死にたくない……死なない…………こんなところで絶対に死ぬもんかっ」

唇をきつく噛み締めながら何が何でも生き残ってやると心に決めるキツイ顔立ちの女性冒険者。

「…………落ち着くのよ。私は死なない、絶対に」

深呼吸をして気持ちを落ち着かせ、何とか生き残るための道を探して辺りに目を配るエルフの女冒険者。

「絶対に勝つっ！」

リーダーが自分に、そしてメンバー全員に言い聞かせるように叫んだ。

そして、ぶつかり合う冒険者たちとギガントミノタウロス。

ガキンガキンと鉄が激しくぶつかり合う音と爆発音、それとともにギガントミノタウロスの雄叫びと冒険者たちの叫び声が長い時間響き渡っていた。

そして……。

戦闘が終わった部屋の中にいたのは4匹のギガントミノタウロスだった。

一夜明けてしっかりと休息をとった俺たちは、再びボス部屋の重厚な扉の前へとやって来た。

『では行くぞ』

その声とともにフェルが前足で扉を押し開けた。

「ゲッ、12匹もいる……」

部屋の中には巨体のギガントミノタウロスが12匹もいた。

「みんな、あの数だけど大丈夫か？」

『フン、愚問だな。俺たちがあんなのに負けるわけないだろ』

『ドラの言うとおりだ。あのようなのがどれだけいようとも我らの敵ではないわ。そんなことよりも、この階もこの部屋で最後だ。肉を落としてくれるといいのだがな』

『フハハ、違いねえ』

『お肉が出るといいねー』

フェルたちには「大丈夫か？」っていうのは野暮な質問だったらしい。

ギガントミノタウロスが12匹いようが、フェルたちにとっては問題無しってことのようだ。

「ブモォォォォォオッ」

俺たちに気付いたギガントミノタウロスたちが、雄叫《おたけ》びをあげ武器を振りかざしながら一気にこちらに迫って来る。

その様は怪獣映画さながらのド迫力だ。

その迫力に腰が引ける俺をよそに、フェルとドラちゃんとスイはいたって平然としている。

『ドラ、スイ、さっさと片付けるぞ。ドラは右側の4匹を、スイは左側の4匹だ。我は中央の4匹をやる』

『おう、了解』

『はーい』

ドゴンッ、ドゴンッ、ドガンッ、ドガンッ――――。

中央の4匹は、脳天に電撃を受けてゆっくりと崩れるように倒れていった。

ドシュッ、ドシュッ、ドシュッ、ドシュッ――――。

右側の4匹は、炎を纏《まと》ったものすごいスピードの弾丸が次々と腹に風穴を開けていきドミノ倒しのように次々と倒れていった。

ビュッ、ビュッ、ビュッ、ビュッ――――。

左側の4匹は、酸の弾丸が胸の辺りを溶かしながら貫通していくと音を立てながら前方へ倒れていった。

「さっさと片付けるって言ったけど、本当に一瞬で勝負がついたな……」

『フン、当然だ。そんなことより、肉が出た。さっさと肉を拾え』

『お肉出て良かったね～』

『おう。しかも最後の最後で3つも出るとはな。運がいいなこりゃ』

肉塊が3つも出て、フェルもドラちゃんもスイもホクホク顔だ。

でも、拾うのは肉塊だけじゃないよ。

その他のドロップ品ももったいないからきっちり回収していくからね。

斧《おの》、魔石、皮、角にそれからまた魔石に……。

「ん？　これは……」

ギガントミノタウロスのドロップ品の中になぜかバスタードソードが落ちていた。

剣を持っていたギガントミノタウロスはいなかったし、巨体のギガントミノタウロスが持つにしてはいささか小さ過ぎる。

持ち上げて全体を見てみると、何となく見覚えのあるバスタードソードにもしやと思う。

「なぁ、これって俺たちより前にこの部屋に入ってた冒険者パーティーの人が持ってた剣だよな？」

『そうだな』

フェルが何でもなさそうに答える。

「何でここに落ちてんだ？」

そう聞くと、ドラちゃんが頭を振りながらこちらにやってきた。

『お前相変わらずニブちんだな。死んだからに決まってんだろ』

「え……」

『あいつ等《ら》が持ってた大斧と片手剣もそっちにあるぞ』

ドラちゃんが指差した方を見ると、確かに大斧と片手剣が落ちていた。

『おそらく全滅したのだろうな。お主が持っている剣を持っていた者が、あの中では一番の強者《つわもの》だった。その者が死んだとなれば、他の者が生きていることはほぼないだろうからな』

フェルがそう言うとドラちゃんが『だよな』と返す。

フェルの話では、ダンジョンにもよるが概《おおむ》ね人の死体や着ている服、それから革鎧《かわよろい》など要は有機物で出来ているようなものは吸収されるのが早く、鉱物で出来た武器などは吸収されるのが遅いということだった。

「あのパーティー全員が死んじゃったってこと？　で、でも、あの人たちこの国屈指の実力派冒険者パーティーって言われてた人たちだよ」

『どんな風に言われていたかは知らんが、ここはダンジョンだぞ。こういうこともある』

いやまあ、俺だってそれは分かってはいるんだけど……。

『この階に挑むのにあいつ等は実力不足だったってだけだろう。だいたいダンジョンに挑んだ、あいつ等だってそれなりの覚悟はしてたはずだろう』

まったくもってドラちゃんの言うとおりではあるんだけどさ。

最悪の場合は生きて出てこられない命のやり取りをする場所がダンジョンだっていうのは俺も分かってるつもりだ。

だけど……。

仲の良い知人でも何でもない間柄ではあるけど、ちょっと前に出会って元気だった姿を見ている

「フン、飯ってのはほぼ本音だろうに。でもまぁ、俺もみんなと一緒に旅するのはけっこう楽しいよ」

『みんなと一緒にいるのとっても楽しいよー！』

『うむ、まぁな。1人でいるよりは面白き生活だ』

『アハハ、というのは冗談で、飯も含めてだけどみんなで旅したりってのはけっこう楽しんでるんだぜ。フェルもスイもそうだろ？』

分かってたけど、分かってはいたけど、やっぱり俺の作る飯だけが目的なのかぁぁぁっ。

「お、お前ら……、飯て……」

『あるじのご飯美味《おい》しいもんね～』

『うんうん』

『美味《うま》い飯が食えなくなったら一大事だからな』

みんなの言葉にちょっとジンと来てしまった。

「フェル、ドラちゃん、スイ……」

『あるじはスイが守るもん大丈夫！』

『そうそう。俺とフェルとスイがいるんだぜ。お前が死ぬようなことは万に一つもねぇよ』

『そんなもんせんでいい。我らと彼奴《あやつ》らを一緒にするな』

「しかし、覚悟か。改めて言われると重い言葉だな。こう言っちゃなんだけど、俺、ダンジョンで死ぬ覚悟なんて出来てなかったわ……」

分その人たちが死んだって言われるとさ、何とも言えない気持ちになるよ。

からな」

『だろ。ということだから、俺たちはこれからも持ちつ持たれつ仲良くやっていこうぜって話だよ』

そう言いながら俺の肩をポンポンと叩《たた》くドラちゃん。

まったく口が上手《うま》いんだから。

「ま、それはいいとして、これどうしよう？」

残されたバスタードソードと大斧と片手剣。

『所有者は既にいないのだ、もらっていけばいいだろう』

『そうだぜ。どうせここに置いておいたってダンジョンに吸収されちまうだけだろう』

「それもそうか。まぁ、とりあえず持ち帰ってどうするかは冒険者ギルドで相談してみるよ」

そして、残りのドロップ品を拾うと俺たちはボス部屋を後にした。

階段を下りて38階層へと足を踏み出すと……。

「ブモォォォォォォッ」

聞き覚えのある雄叫びが聞こえてきた。

『ククク、我らは運が良いな』

『ハハッ、確かに。日頃の行いが良いからだぜきっと。しかし、またこいつ等と出会えるとはな』

『お肉だー！』

38階層、初《しょ》っ端《ぱな》から出会ったのはギガントミノタウロスだった。

それが巨大通路に所狭しとひしめき合っていたのだから、フェル、ドラちゃん、スイの肉好きトリオも歓喜するはずだよ。

『よし、狩るぞ！』

『ヒャッハーー！』

『お肉ーっ！』

「ああっ、突っ込んでっちゃったよ……」

それからは当然のごとくフェル、ドラちゃん、スイの肉好きトリオはギガントミノタウロス狩りに邁進《まいしん》。

37階層よりはるかに多くいたこの階のギガントミノタウロスを嬉々《きき》として狩り続けて、最後のボス部屋にいた大量のギガントミノタウロスを片付けたときにはドロップ品の肉塊は終《つい》に3桁を超えていた。

「しばらくはギガントミノタウロスの肉に困ることはなさそうだな……」

俺が遠い目をしてポツリとそう言うと、フェルとドラちゃんとスイは満足気な顔をしていたよ。

◇　◇　◇　◇　◇

階段を下りた39階層。

そこには青々と生い茂る木々が立ち並ぶ森が広がっていた。

「森、だな……」

『うむ。いつかのダンジョンと同じだ』

『ドランだったよな。あの変態エルフがいる街のダンジョン』

ドラちゃん、変態エルフって辛辣だな。

まぁ、否定はしないけど。

某あの人、ドラちゃんには変態的な態度とっていたしね。

『あるじー、あっちからなんか変なの飛んで来るよー』

スイがそう念話で言いながら、俺のズボンの裾を引っ張った。

「変なの？」

スイが触手で指す方向を見ると、ブーンと羽音を立てて飛んでくる虫っぽい何かが。

「……あれは、蚊か？　にしてはデカくないか？」

明らかに尺度がおかしい蚊がこちらに向かって飛んできている。

『チッ、あれがいるのか。おい、フェル』

『うむ。大量にいるな。というか、此奴《こやつ》がいるのだ。嫌でも集まってくるだろうよ』

『だよなぁ。鬱陶しいぜ』

デカい蚊について知っている素振りのフェルとドラちゃん。

「フェルとドラちゃんは知ってるのか？」

『ありゃあな、血が大好きな魔物だ』

『うむ。1匹1匹は弱いくらいの魔物なのだが、何せ数が多くてな。血を吸えそうな獲物が近くに来ると、とにかく大量に集まってくるのだ』

『しかもあいつらの一番の好物は人間の血だからなぁ』

そう言いながらドラちゃんが俺を見ると、フェルも頷《うなず》きながら俺を見る。

「え、人間って、俺?」

『そうだぜ。ほら、来た』

「ヒェッ」

体長1メートルくらいはありそうなデカい蚊がストロー状の尖《とが》った口を俺に突き立てようとしていた。

『そう心配するな。我の結界があると言っているだろう。此奴らの攻撃でどうこうなることはないから安心しろ』

フェルの言葉通り、デカい蚊のストロー状の口は結界の見えない壁に阻まれてカツカツと音を立てていた。

「それは分かってるんだけど、やっぱりな……。しかし、デカいなぁ」

日本にいた小さな蚊とは比べものにならないほどの大きさの蚊をしげしげと見る。

フェルの結界に阻まれたのを見て安心したこともあって、デカい蚊を鑑定してみる余裕も生まれた。

【ヴァンパイアモスキート】

Dランクの魔物。血を吸う魔物で、特に人間の血を好む。同時に複数から血を吸われると死亡する場合もあるので注意。


ヴァンパイアモスキートっていうんだ、このデカい蚊。

血を吸う魔物で特に人間の血を好むっていうんだから、大きさが違うだけで正に蚊だよな。

デカい蚊に血を吸われているところを想像してしまって顔を顰《しか》める。

ま、まぁ、フェルの結界があるしそんなことにはならないだろうけどね。

だけど……。

デカい蚊ことヴァンパイアモスキートは、しつこいくらいに何度も何度もカツカツと音を立てながら俺にストロー状の口を突き刺そうと試みていた。

「えーっと、これはそのうち諦めてどっか行ってくれるのかな？」

『バーカ、そんなわけないだろ。さっきも説明したけど、そいつは人間の血が大好物なんだぜ。大好物を目の前にしてどっか行くわけないだろう』

「グッ……。ドラちゃん、バカは言い過ぎだぞ」

『おい、ドラの言うとおりだ。そして、説明した通りそこの1匹だけではない。次々と集まって来るぞ。見てみろ』

フェルがそう言うので周りを見ると、大量のヴァンパイアモスキートが俺を目指して次々と飛んできていた。

「うわっ、何だあの数……」

ブーンブーンと不快な羽音を立てて大量のヴァンパイアモスキートが飛来する。

そして、先に来ていた1匹と同じように、俺にストロー状の尖った口を突き立てようとしていた。

カツカツカツカツカツカツ――――。

……これ、どうすればいいのかな？

『これって、このままなの？』

フェルたちが見えないほどに集まったヴァンパイアモスキートに顔を顰めながら念話で聞いてみた。

『そのような雑魚は倒してもつまらん。結界があるのだから大丈夫だろう』

『こいつ等のお目当てはお前だしなぁ。俺とフェルとスイには何の害もないし』

ドラちゃんがそう言うので見ると、ヴァンパイアモスキートが集っているのは俺だけ。

近くにいるというのに、ヴァンパイアモスキートはフェルたちには見向きもしなかった。

どんだけ人間の血が飲みたいってんだよ。

『邪魔なら自分で倒すのが良かろう。レベルアップにも繋《つな》がるぞ』

『うんうん、そうしろよ。ダンジョンに入ってからお前碌《ろく》に戦闘してないだろ？　せっかくダンジョンに来たんだから少しは戦っておけよ』

フェルとドラちゃんが戦うことを勧めてくる。

まぁ確かに戦闘っていう戦闘はほぼしてないからなぁ。

別にしなくてもいいんだけど、テナントのこともあるし、レベルアップするのは悪くない話だ。

それにフェルの結界のおかげで安全に戦えるっていうのも安心だ。

『それじゃあやってみるか。フェルの結界で安全だし。ただ、数が多いのが難点だけどね……』

『あるじー、大丈夫？　スイがやっつけようかー？』

俺に群がってストロー状の口を突き刺そうとしているヴァンパイアモスキートに辟易《へきえき》する。

『スイ、ありがとな。でも、これは弱い魔物みたいだから自分で倒してみるよ。ちょっと大変だったら手伝ってくれな』

『分かったー』

◇◇◇◇◇

「ヤァッ」

グサッ――――。

ヴァンパイアモスキートにスイ特製のミスリルの槍《やり》を突き刺した。

「フゥ、刺しても刺しても減らないな……」

ヴァンパイアモスキート狩りに勤《いそ》しむ俺の脇では、フェルとドラちゃんとスイがお昼寝だ。

「ったく、集まりすぎだっつうの。どっから匂いを嗅ぎつけてくるのかねぇ」

チクチクと刺しながらそれなりの数を倒してはいるものの一向に減らないのは、次から次へと飛来するヴァンパイアモスキートが原因だ。

「なんかこう一遍に大量にサクッと倒す方法とかないかな？」

こういう場合は魔法を使うのが一番手っ取り早いんだろうけど、俺が使えるのは火魔法と土魔法だからね。

森の中で火魔法を使うわけにもいかないし、土魔法はそもそもダンジョンでは発動しないしなぁ。

うーん、どうしたもんか。

このデカい蚊を倒すにはやっぱり1匹1匹チクチク刺していくしかないのかね。

デカい蚊、蚊…………、あっ！

俺はネットスーパーを急いで開いた。

そして、あるものを購入した。

「これこれ、蚊に効く殺虫剤！　エイヴリングのダンジョンにいた黒光りしたあいつにもネットスーパーのゴキ専用殺虫剤が効いたんだから、ここにいる蚊にも効くはずだ」

俺は購入したスプレー式の殺虫剤をヴァンパイアモスキートに向けて噴霧した。

シューッ――――。

「どうだ？」

俺にストロー状の口を突き刺そうとして勢いよくカツカツと音を立てていたヴァンパイアモスキートが、ヨロヨロと後退してポトリと地面に落ちた。

「おおっ、やっぱり効いた！」

調子付いた俺は、さらに殺虫剤を購入して二丁拳銃のように両手に殺虫剤を持ってヴァンパイアモスキートに噴き付けていった。

「おりゃっ」

ブシューッ、シューッ、シューッ、シューッ――――。

「こっちもだ」

ブシューッ、シューッ、シューッ、シューッ――――。

俺は、ヴァンパイアモスキートに殺虫剤を噴霧しまくって順調にその数を減らしていった。

「ふぅ、疲れた」

俺の足元には空になった殺虫剤のスプレー缶がいくつも転がっていた。

『ふむ、大分倒したようだな』

俺の周りに散乱した大量のドロップ品を見て、クァーッと欠伸《あくび》をしながら起きてきたフェルがそう声をかけてきた。

「まぁ、なんとかね。でも、こんだけ大量に減らしたのにまだ生きてるヤツが残ってるっていうのが怖いけど」

『それは数だけはいるからな。それよりも腹が減ったぞ』

「もうそろそろそう言い出すんじゃないかと思ってたよ。俺もいい加減疲れてきたし、飯にするか」

この階に来たのも昼飯を食ってしばらく経《た》ってからだったし、時間的にももうそろそろ夕飯時なんじゃないかなって気はしていた。

『ふぁ～、飯って言ったかぁ？』

飯という言葉が耳に入ったのか、大あくびをして起き出してきたのはドラちゃんだ。

『ごはんー？』

ドラちゃんが起きたのに釣られてスイも起きてくる。

「ああ、ご飯だよ。でも、ドロップ品を拾ってからな」

『おおっ、お前にしちゃけっこう倒したじゃねぇか』

俺の周りに大量に落ちたドロップ品を見て、ドラちゃんが驚きの声をあげた。

「まあね。俺だってやる時はやるんだぞ」

『あるじすごーい！』

「フフフ、ありがとなスイ」

『でも、全部倒さなくっていいのー？　まだ飛んでるよー』

「あれはいいよ。そのうち倒すことになるからね」

スイの言うとおり、まだ俺の周りにはヴァンパイアモスキートが少しだけ残っていた。

これで全部倒したかと思ってもどこからともなくやってくるヴァンパイアモスキートに、途中からとにかく数を減らす方向に作戦を変更。

そのおかげか今いるヴァンパイアモスキートは5匹にまで減っていた。

殺虫剤での攻撃が相当効いたのか、今いるヴァンパイアモスキートは俺に対して迂闊《うかつ》にストロー状の口を突き刺そうとはしない。

それでも、人間の血を諦めきれないのか付かず離れず一定の距離を保ちながら俺の周りをウロウロと飛んでいた。

鬱陶しくはあるけど、あれを倒してもそのうちまた新しいのが飛んでくるだろうし。

それに、俺に考えがあるから大丈夫。

寝てるうちに一網打尽にしてくれるわ。

それよりも……。

「スイ、ドロップ品拾うの手伝ってくれるか」

『うん、いいよー』

「数が多いから大まかでいいからね」

『分かったー』

とにかくドロップ品の量が多いし、ヴァンパイアモスキートはDランクの魔物だからドロップ品もそれほど高価なものではないだろうからね。

スイと一緒にせっせとドロップ品を拾い集めて、ある程度集めたところでフェルから声がかかった。

『おい、夕飯はまだなのか？』

「もうそろそろ用意しはじめるから。っとその前にフェルにお願いしたいことがあるんだった。いつも俺が土魔法で作ってる箱型の家があるだろ、それくらいの大きさの結界を張ってくれるか？」

『む、いいぞ。……出来たぞ』

「早いな。よし、そうしたら……」

ネットスーパーでとあるものを購入した。

早速段ボール箱を開けて、買ったものの封を開ける。

『何なのだそれは？　ひどい匂いがするぞ』

独特な香りはフェルのお気に召さなかったのか、嗅ぎつけた匂いに顔を顰めている。

逆にドラちゃんとスイは『嗅いだことのない匂いだな』と興味津々だ。

「これはね、蚊取り線香っていうんだ。俺のいた世界のもんだけど、これに火をつけて焚《た》くだけで蚊を駆除できるんだぞ。今までも蟲系の魔物に俺の世界の殺虫剤が効いてたことを考えると、この蚊取り線香もヴァンパイアモスキートに効果覿面《てきめん》だと思ってな」

『へ～、焚くだけで駆除できるってんなら数が多いその魔物にはもってこいだな』

「そういうこと。ただねぇ、焚くともっと匂いが強くなるんだよねぇ～」

そう言いながら蚊取り線香の独特な香りがお気に召さなかったフェルに目をやる。

『匂いを通さない結界にするから大丈夫だ。それよりも外に出すなら早くしろ』

「はいはい」

しかし、匂いを通さない結界なんてことができるなんてさすがフェルだね。

無駄に長生きしてないわ。

そんなことを考えながら蚊取り線香に火をつけてセット。

それを4つ用意して箱型結界の四つ角の外側にそれぞれ設置した。

『ふむ、効いているな』

『おー、すっげえ効いてるな』

『すごーい！　なんにもしてないのにボトッて落ちたー』

「フフン、やっぱり効いたな。これで夕飯中も寝てるときも安心だ」

みんなと話しているうちに5匹から数を増やしていたヴァンパイアモスキートが力なく次々と地に落ちていく。

これでひとまず安心だな。

ということで、夕飯を作っていきますか。

◇　◇　◇　◇　◇

「しっかし、ホントよく効くなぁ」

夕飯を作ろうかと思うものの、蚊取り線香のあまりの効き目に目を見張る。

効果絶大で、次々と飛来してくるヴァンパイアモスキートを一網打尽にしていた。

「ドロップ品さっき拾ったばっかりなんだけど、もう大量に落ちてるし……」

『あるじー、拾ってくるー？』

「スイ、ありがとな。でも大丈夫だよ、そのままで。さっきので大分拾ったからね」

ちなみにヴァンパイアモスキートのドロップ品は、翅《はね》とかストロー状になっている口とか小瓶に入っている液体（鑑定してみたら麻痺毒《まひ》だって）だ。

そもそもがDランクの魔物だからそんなに価値があるものでもなさそうだし、さっきスイに手伝ってもらって拾った分でもけっこうな量になっているから十分だ。

そういうことで、ここは無視して夕飯を作っていこう。

どうせそのうちダンジョンに吸収されちゃうだろうしね。

「さて、気を取り直して夕飯作ろ。肉を使うにしても、みんなはギガントミノタウロスの肉がいいんだろ？」

ギガントミノタウロスの美味さにすっかりハマってしまっているフェルとドラちゃんとスイ。

肉好きトリオはここのところ飯の度にギガントミノタウロスの肉をご所望なのだ。

『うむ。あの肉がいいな』

『美味いもんな』

『スイもあのお肉がいいなぁ』

「うーむ、俺としては親子丼が久々に食いたい気分だったんだけど、ギガントミノタウロスの肉かぁ。……あ、ギガントミノタウロスの肉を使って他人丼にしてもいいか。よし、そうしよう」

『何でもいいから早く作れ。腹が減った』

『同じくー。早く飯にしてくれよ』

『スイもお腹《なか》減ったー』

フェルとドラちゃんの腹の虫が盛大に鳴いているし、スイはちょっと萎《しぼ》んでいた。

ギガントミノタウロスが大量発生していた38階層ではみんなハッスルしてたもんなぁ。

そりゃあ腹も減るわ。

「そんなに時間のかかる料理でもないから、ちょっとだけ待ってて」

パパッと卵等足りない材料をネットスーパーで購入したら、早速他人丼の調理開始だ。

とは言っても超簡単だし、作り方は親子丼とほぼ一緒。

ただ俺としては他人丼の方は若干甘めが美味い気がするので、ちょっとだけ甘味を強くしているけどな。

「タマネギを薄切りにして、ギガントミノタウロスの肉を薄切りにして一口大にするだろ……って、フェル、そう横に座ってられると邪魔なんだけど」

余程腹が減って待ちきれないのか、俺の横にはお座りして涎《よだれ》を垂らしそうな勢いでギガントミノタウロスの肉をガン見しているフェルがいた。

それに釣られてかフェルの首の辺りにしがみついたドラちゃんも肉をガン見してるし、スイもフェルの頭の上に陣取って肉をガン見している。

みんなの行動にちょっとクスリとしながら「すぐに出来るからもう少し後ろで待ってて」と声を掛けると、渋々ながら俺の横を離れていくフェルとドラちゃんとスイ。

それでも振り向きざまに『肉はたっぷりだぞ。たっぷり』と念を押してくるフェルと『俺も！』

『スイも！』と同意するドラちゃんとスイ。

「はいはい。分かってるよ」

俺は、苦笑しながらそう返してギガントミノタウロスの肉を切っていった。

「よしと、タマネギとギガントミノタウロスの肉はこれでいいな」

タマネギとギガントミノタウロスの肉を切り終わったら卵を割って軽く溶いておく。

肉が多いから卵も多めにだ。

あとはフライパンに水とだし醤油《しょうゆ》、みりん、砂糖を入れて火にかけて、煮立ってきたところでタマネギとギガントミノタウロスの肉を投入。

アクを取りつつタマネギとギガントミノタウロスの肉に火が通ったら、溶いた卵を半分だけ入れて弱火に。

卵が固まってきたら残りの半分を入れて半熟状態になれば出来上がりだ。

作り置きしてアイテムボックスにしまっておいた炊き立てホカホカの白米をよそってたっぷりトロトロ半熟卵の他人丼の具を載せたら彩りに三つ葉を中央へ。

「よし、他人丼の出来上がりだ」

『うむ、すぐよこせ』

「ったく、待ってて言ってるのに、すぐ後ろから覗《のぞ》きながら待ってるんだから……」

いったん後ろに下がったのに、フェルというかドラちゃんもスイもだけど、結局じりじりと前に出て来て俺のすぐ真後ろまで来てるんだもんな。

『遅いのが悪いんだぜ』

「いやいや、そんな時間かかってないだろうが」

『あるじ、ご飯ー』

「ああもう、ほら。特盛り他人丼だ」

フェル、ドラちゃん、スイの前に置くと、ガツガツと頬張り始める。

『なかなか美味いではないか。この前のこの肉に生の卵を絡めて食ったのも美味かったが、火を入れた卵と一緒に食うのもまた違った味わいで悪くないぞ』

『うんうん、フワフワの卵と肉それからこの甘じょっぱい味が抜群に合うな』

『これお米と一緒に食べるとと一っても美味しいよー！』

卵とじ、甘じょっぱい味、このコンボで白米に合わないはずないし。

というか卵でとじて丼にすると大抵のものが美味しく食える気がするぞ。

前日に作って残った野菜炒《いた》めなんかも美味いし、冷蔵庫の野菜とか肉とか少しだけ残った余りものなんかは今回の要領で甘じょっぱく煮て卵でとじてやれば余りものとは思えない美味さになる。

あとは、天ぷらとかの揚げ物の残りなんかで作ればちょっぴり豪華な丼が楽しめるし。

卵でとじる丼ものは偉大だな。

フェルたちに続いて俺も他人丼を口いっぱいに頬張った。

「うん、今日の他人丼も文句なく美味い」

『その他人丼というのがこの料理の名前なのか？』

「そうだよ」

『随分と変わった名前の料理なのだな、これは』

「前に親子丼っていうのを作ったことがあるんだけどな、その時は確かロックバードの肉と俺のスキルで取り寄せた異世界の卵で作ったから厳密には親子丼ではないんだけど……。そうだな、分かりやすくこっち風でいうと、コカトリスの肉とコカトリスの卵でこんな風に作ると親子丼、それ以外の肉を使えば他人丼ってわけだ」

『コカトリスの肉とその卵、親と子で親子丼。親と子から外れれば他人丼というわけか。面白いな』

『親子丼と他人丼か、上手いこと付けたな。ハハッ』

『あるじー、それじゃあ他のお肉でもできるのー？』

「ああ、出来るぞスイ。ダンジョン牛やダンジョン豚、それにブラッディホーンブルとかオークでも美味いと思うぞ」

『でかした、スイ。よし、おかわりはそれらの肉で作れ』

『お、いいな。食べ比べだな』

「ハァ？　またそういう面倒なことを言い出すんだから……」

『時間のかかる料理ではないと言っていただろう。違う肉で作るくらい造作もないではないか』

フェルの言いたいことも分かるけどね、作るとなれば準備があるんだってのの。

タマネギとギガントミノタウロスの肉については、おかわりの分も予想してある程度切ってあるから大丈夫だけど、それ以外の肉を使うとなれば改めて切らなきゃならんわけよ。

まぁ、でも……。

「確かダンジョン牛とダンジョン豚は薄切りしてあるものがアイテムボックスに入ってるから、その2つだけね」

『むぅ、しょうがない』

しょうがないとか言うなっての。

それからダンジョン牛とダンジョン豚の肉を使って他人丼を作った。

やれこっちも美味いあっちも美味いとあれこれと批評しながらガツガツ食う肉好きトリオ。

結局どれが美味いんだと聞くと……。

『どれも美味い』

『だな』

『みんな美味しかったー』

結局お前ら腹減ってたもんだからどれも美味いってなってんじゃんよー。

そんなら用意したギガントミノタウロスの肉で作る他人丼だけで良かっただろうが。

まぁ、みんな満足そうな顔してるからいいけどさ。

◇　◇　◇　◇　◇

朝食を終えて、フェルたちはフルーツ牛乳を、俺はコーヒーを飲みながら食休みをしていた。

フェルの結界の外は、蚊取り線香のおかげであれだけ寄ってきていたヴァンパイアモスキートもヨロヨロして今にも落ちそうな弱った2、3匹がふよりふよりと飛んでいるだけだった。

蚊取り線香様々、ホント有能過ぎだね。

ネットスーパーで買った殺虫剤がこれだけ効くなら、蟲系の魔物にはたいがい効くかもな。

他にもハエやらムカデ、クモ、ハチに効く殺虫剤があったはずだから、この際購入してアイテムボックスに入れておいてもいいな。

なにせここはダンジョンの中の森だ。

蟲系の魔物もけっこうな数出てくるだろうからな。

ドランの同じような森のフィールドダンジョンでも獣系、鳥系、蟲系の魔物がわんさか出てきたし。

とりあえず用意だけはしておくか。

俺は、ネットスーパーでいくつかの種類の殺虫剤を購入してアイテムボックスに放り込んだ。

その作業が終わり、残りのコーヒーをゴクリと飲み干していると、フェルがこちらをジーっと見つめていた。

「何だ？」

『お主、大分レベルアップしたな』

「え、ホントか？　ステータス」

フェルの言葉にすぐに自分のステータスを確認してみる。

【名　前】ムコーダ（ツヨシ・ムコウダ）
【年　齢】27
【種　族】一応人
【職　業】巻き込まれた異世界人　冒険者　料理人
【レベル】85
【体　力】492
【魔　力】483
【攻撃力】476
【防御力】464
【俊敏性】382
【スキル】鑑定　アイテムボックス　火魔法　土魔法　従魔　完全防御　獲得経験値倍化
従魔（契約魔獣）フェンリル　ヒュージスライム　ピクシードラゴン
【固有スキル】ネットスーパー（＋1）
《テナント》不三家　リカーショップタナカ
【加　護】風の女神ニンリルの加護（小）　火の女神アグニの加護（小）
土の女神キシャールの加護（小）　創造神デミウルゴスの加護（小）

「ファッ!?」

レベル85、だと?

確か前に確認したときにはレベルが78だったから、いっきに7も上がった。

これ、蚊取り線香で倒した分の経験値も入ってるっぽい。

ヴァンパイアモスキートはDランクの魔物だけど、殺虫剤と蚊取り線香で倒したのを考えるならかなりの数になってるはずだ。

それが積もり積もってこれか。

それに神様たちから〝獲得経験値倍化〟なんてスキルももらってるから、効果倍増だもんな。

しかし、85か……。

レベル80を超えたということで、固有スキルのネットスーパーの脇に＋1の表示が。

あのイベントがやってくる。

地上に戻ったとき、厄介なことになりそうな気がする。

テナント……、うっ、頭が………。

『やけに蟲の魔物が多いな』

背中に俺を、頭にはスイを乗せたフェルに並走するように飛ぶドラちゃんが念話でそうつぶやいた。

『森だからじゃないの？』

ダンジョンの中の森ということもあっていつもよりは抑え気味のスピードで走るフェルの背中の上から俺はそう念話で返した。

『それにしても多過ぎねぇか？　フェル、どう思う？』

『うむ、確かにな。もしかしたら、そういう森なのかもしれぬぞ』

『蟲の森か……。嫌な森だな。って、そういやダンジョンコアってのがあるんだっけ。要はダンジョンの中はそのダンジョンコアの思うがままってことか？』

『そういうことだ』

『あれ？　でもさ、前にフェルに森の中に出来たばっかりの若いダンジョンだって無理矢理連れて行かれたことあるじゃん。あの時は、魔素が濃い場所にダンジョンは自然にできるって言ってたような気が……』

『ああ、それはな……』

フェルの話によると、ダンジョン自体はいろんな条件はあるものの魔素が濃い場所に自然にできるってことで間違いないんだけど、出来たあとにある程度ダンジョンが成長したところでダンジョンコアが生まれるのだそうだ。

そのダンジョンコアが生まれるまで成長するってのが相当長い年月かかるみたいだけどね。

そうしてダンジョンコアが生まれたあとのダンジョンは、ダンジョンコアの意向によって、どんな階層になるのかやどんな魔物が湧くのかが決められてゆっくりと成長を続けていくのだそうだ。

もちろん長生きのフェルにしたってさすがにダンジョンコアと交信したことなどないから、伝え聞いた知識ではあると言っていたけどね。

まぁとにかくだ、そういう話だからダンジョンコアがこの階層に蟲系の魔物ばかり配置しているっていうのも有り得る話ではあるということだ。

『また魔物だー！　エイッ！』

ビュッ――――。

大量の蟲の魔物に歓喜していたのは戦闘大好きなスイだった。

今も名前は知らないがデカいアブの魔物に酸弾を撃ち込んで墜《お》としていた。

『鬱陶しくはあるが、スイに任せておけば大丈夫であろう』

フェルが自分の頭の上に陣取るスイを見上げてそう言った。

『うんっ。スイがぜーんぶやっつけるよー！』

フンスと荒い鼻息が聞こえそうな勢いでそう宣言するスイ。

『フェルの言うとおり大丈夫みたいだな。ハハッ』

『スイ……』

ダンジョンに入るたびに戦闘スライム（？）化していくスイに何とも言えない気持ちになる俺だった。

◇　◇　◇　◇　◇

次から次へと出てくる蟲系の魔物をスイがバッタバッタと倒しながら俺たち一行は森の中を進んで行った。

高ランクの魔物のドロップ品については回収も忘れない。

そこは身軽なドラちゃんにお任せだ。

俺が預けたマジックバッグを首に掛けてそこへ飛びながら回収したドロップ品を入れていく。

今もスイが倒したジャイアントセンチピードのドロップ品の殻と魔石を回収したところだった。

『しかしホント蟲ばっかりだよな。森なのに獣系の魔物は全然出ない』

『蟲以外も出ただろ。ヌメヌメしてるキモいのがよ』

『そうか。数は少ないけどポイズンスネイルだのジャイアントスラッグだのもいたか』

ドラちゃんが言うヌメヌメしてるキモいのってのは、中型犬くらいの大きさの毒持ちのカタツムリの魔物と全長が2メートルくらいありそうな超デカいナメクジの魔物やらだ。

『他にも上から降ってきたヤツがいただろう』

『おいー、思い出させるなよドラちゃぁぁぁん』

上から降ってきたヤツ……。

あれはトラウマものの魔物だった。

その名もビッグフォレストリーチ。

体長20センチくらいのヒルの魔物だ。

最低のFランクの魔物で雑魚もいいとこだけど、精神的には一番応《こた》える魔物だったよ……。

ビッグフォレストリーチは木の枝にいたんだろうな。

体長20センチの黒っぽいヒルがウネウネしながら頭上からボトボト雨みたいに大量に降って来たんだ。

そりゃあもう全身鳥肌もんの超絶気色悪い光景だった……。

フェルの結界のおかげで直接吸い付かれるなんてことはなかったから良かったけど、そんなことになってたら絶対に気絶してたぞ俺は。

そんでもって一生もののトラウマになってたはずだ。

とにかくだ、思い出すだけでもゾワッときて気持ち悪くなる悪夢のような光景だったよあれは。

『ううっ、思い出したら気持ち悪くなってきた……』

『自分で言っておいてなんだけど、すまん、俺もだ』

あの悪夢のような光景は、ドラちゃんにも精神的ダメージを与えていたようだ。

ドラちゃんとそんなやり取りをしていると、ふいにフェルの足が止まった。

『フェル、止まってくれたのはありがたいけど大丈夫だぞ』

『ああ。気持ち悪くなったけど、止まってもらうほどじゃない』

俺とドラちゃんがそう言うと、フェルがフンと鼻で笑う。

『お前たちのために止まったのではないわ。あれを見てみろ』

フェルが鼻先で指す方を見ると、この森にはいないと思っていた獣系の魔物がいた。

『あれはレッドボアか？』

レッドボアが体長50センチくらいのアリの魔物の集団に囲まれて追い込まれていた。

『あれがいるとはな。どうりで蟲しかいないはずだ』

『だよなぁ。あれがいるんじゃいないはずだわ』

レッドボアを囲むこの世界基準でいくと小さめと言えるアリの魔物を見て、フェルとドラちゃんが訳知り顔でそう言った。

『あのアリ、鑑定では〝フォレストアーミーアント〟って出たけど、あれがいると何か問題なのか？』

『まあな……』

フェルとドラちゃんの話では、フォレストアーミーアントは集団戦の得意な肉食の魔物で、自分たちよりも大きい魔物や格上の魔物だろうがエサとみなして集団で襲うのだという。

強力な顎を使って噛《か》み付いての攻撃がメインで、言ってみれば攻撃方法はそれだけしかないから個の強さはそれほどでもない魔物だが、とにかく数が多く集団で襲ってくる。

仲間が死のうがおかまいなしで数の力で力押しという戦い方。

『数がいるからな。あのように集団で次々と襲ってエサにしてしまうのだ』

フェルの目線の先にはレッドボアに次々と噛み付くフォレストアーミーアントたちが。

数の暴力ってやつか。

レッドボアは必死にフォレストアーミーアントたちを引き離そうと「プギィィィッ」と盛大に叫び声をあげ暴れている。

『フェルの言うようにそんなんだから、こいつ等《ら》の巣ができた森じゃあ獣系の魔物の姿が消えるんだぜ。ちなみにだけど、もちろん人間のお前も捕食対象だからな』

ドラちゃん、そんなの一々言われなくても察しはついてるよ。

そうこうしているうちにレッドボアがアリの集団攻撃にどうすることもできずに力尽きた。

肉と皮がドロップされると、フォレストアーミーアントたちは皮には目もくれずに鋭い口で手早く肉を小分けにするとそれぞれが抱えて運んでいった。

『あるじー、スイがやっつけるー？』

スイがそう言うと、フェルが『手を出すな、スイッ』と強い調子でピシャリと言った。

『ちょっと、フェル』

強い口調を窘《たしな》めるようにフェルを見た後、ショボンとしてしまったスイを胸に抱いた。

『むぅ、すまんとは思うが理由があるのだ』

フェルが言うには、フォレストアーミーアントに下手に手を出すと後が大変なんだとか。

仲間がやられたのを察知したフォレストアーミーアントは次々と群がって襲ってくるらしい。

もちろんフェルがフォレストアーミーアントごときにどうということはないのだが、弱い魔物のクセにとにかく数が半端じゃないくらいに多くてとにかく鬱陶しい思いをするハメになるらしく、関わるのも嫌な魔物の1つなのだと顔を顰《しか》めている。

ドラちゃんも『あいつ等に手を出すなら巣を殲滅《せんめつ》する気でやらないと面倒なだけだぞ』という意見だ。

巣を殲滅か。

それ、やれるかも。

確かネットスーパーにあったあれでイケるはず……。

『おい、殲滅する手がありそうだ。とりあえずあいつ等の後を追うぞ』

俺たち一行は、見つからないよう一定の距離を置きつつ肉を手にしたフォレストアーミーアントを追跡した。

ほどなくして巣を発見。

大きな岩陰の下にパッカリと開いた穴に次々と入っていくフォレストアーミーアント。

『あそこが巣穴のようだな。して、殲滅する手があると言っていたがどうするつもりなのだ？』

巣穴を窺《うかが》いながらフェルがそう聞いてくる。

俺としてはよくぞ聞いてくれましたって感じだ。

『ちょっと待ってて』

そう念話で伝え、俺はネットスーパーを開いて殺虫剤のメニューを開いた。

『フフフフフ、やっぱりあったな。アリにも効くやつが』

俺は見つけた物をすぐさま購入した。

『なんか悪い顔してんな、お前。何があったってんだよ?』

『ちょっとドラちゃん悪い顔って失礼だね』

とは言ってもちょっぴりブラックなところが出ちゃってるか?

何せフォレストアーミーアントにとってはとんだ災難になるだろうからね。

『フッフッフッ、これはね、アリの巣を殲滅する秘密兵器だよ』

すぐに届いた段ボール箱を開けながら、俺はニンマリと笑ってそう言ったのだった。

◇　◇　◇　◇　◇

段ボール箱から取り出したものを目の前に並べた。

とりあえず5つ購入してある。

フォレストアーミーアントの巣がどれだけ大きいのかはわからないけど、これだけあれば巣の全体に回ってくれるだろう。

『それでだ、これは何なのだ?』

「フフフ、これはね異世界製の殺虫剤だ。これに水を入れると煙が出てきて蟲を駆除してくれるんだ。あとは2、3時間放置しておけば駆除完了ってわけさ」

俺が購入したのは強力な燻煙《くんえん》タイプの殺虫剤だ。

これならばフォレストアーミーアントの巣もきっと根こそぎだろう。

『ほ～、お前のいたとこじゃそんなのがあるんだなぁ』

「こうやって取り寄せたものはどれもかなり効き目があるから、これも期待できると思うぞ。それじゃあ準備するから」

俺は、パッケージを外して準備を始めた。

「よしと、これで準備ＯＫ。あとは水を入れた容器にこれを入れると、少ししたら煙が出てくるはずだ。フェル、これを巣の前に設置したら煙がこっちに来ないように入り口に結界を張ってくれ」

『了解だ』

「それから煙が出たら巣の奥まで届くように、そよ風程度の風を送り込んでくれるか」

『む、そういう細かな調整が必要な魔法はドラの方が得意だろう。ドラがやれ』

『へいへい』

「それじゃあ始めるぞ」

水を入れたプラスチック容器に薬剤の入った缶をセットする。

そして、斜め下へと続く巣穴の入り口に急いでそれを設置した。

「フェル、結界をお願い」

『うむ』

フェルが結界を張った直後に殺虫剤から次々と白い煙が噴き出した。

『うわぁ、煙もくもく～』

興味津々なスイが結界に張り付きながらそう言った。

「ドラちゃん、風をお願い」

『ドラの前だけ結界を薄くした。そこから風を送り込め』

『了解だ』

ドラちゃんの魔法の風がフォレストアーミーアントの巣に送り込まれる。

すると、坂のように斜め下へと続く巣へと殺虫剤の白い煙が風に乗って流れ込んでいった。

「これでよしと」

『何だ、これで終わりか？』

「そうだよ。あとはさっき言ったとおり、このまま2、3時間待つだけだ」

『そうなると暇だよなぁ』

『よし、なら飯に……』

「飯にはしないよ。昼飯にはまだ早いでしょ。俺だってそれくらいは分かるんだからな」

『ぐぬぬ』

「そんな顔しなさんなってフェル。その代わりおやつでも食ってゆっくり待とうぜ」

『スイ、ケーキがいいなぁ』

ポンポンと飛び跳ねてケーキをおねだりしてくるスイ。

「それじゃあおやつはケーキにするか。あ、3つずつな」

『ヤッター！　ケーキー』

『ケーキか。我はいつもの白いのがいいぞ』

『俺は当然プリンだな』

フェルには生クリームたっぷりのイチゴショートを3つ、ドラちゃんには限定のカボチャプリンとミルクプリン、それから定番のカスタードプリンの3つ、スイには希望を聞きながら大好きなチョコレートケーキのほかホワイトチョコレートケーキとイチゴのミルフィーユの3つだ。

フェルもドラちゃんもスイも甘いものは嫌いじゃないから、嬉《うれ》しそうにケーキやプリンを頬張ってる。

俺はプレミアムモンブランなる限定ケーキを選んでみた。

それに合わせるのは今日の気分でコーヒーだ。

豆はキリマンジャロ。

酸味と苦みがバランスよく調和されたキリマンとモンブランのコクのある栗《くり》の甘みがなかなかに良い組み合わせだった。

そんな感じで俺たち一行は、おやつタイムを挟みながら時を過ごした。

◇　◇　◇　◇　◇

『よし、もうそろそろいいだろう』

口の回りを満足そうにペロペロと舐《な》めながらフェルがそう言う。

「何がもうそろそろいいだろうだよ」

おやつタイムを終えたあと、フェルとドラちゃんとスイは昼寝に突入。

フェルの結界で安心なこともあって、俺もまどろみながら時を過ごしていた。

昼寝も十分して頃合かなと思い、フェルたちに声を掛けると、今度は腹が減ったの騒ぎ。

フェルが『昼飯が近いのだからいいだろう』と言うし、ドラちゃんも『アリの巣に入る前の腹ごしらえだ』とか言うもんだから、先に昼飯にしたよ。

作り置きしていたオーク肉のカツサンドをしこたま食って、みんなが満足したところでようやく昼飯終了。

おかげで時間が押してるよ。

まぁ、燻煙殺虫は終わってるはずだから急ぐ必要はないんだけどさ。

「それじゃあ巣の中を確認してみますか」

俺たち一行はフォレストアーミーアントの巣の中へと足を踏み入れた。

フェルとドラちゃんは真っ暗な巣の中を躊躇《ちゅうちょ》なく降りていく。

そしてスイは……。

『いっくよー』

ボールのように坂をコロコロと転がっていった。

「エッ、エェ～、ちょっ、スイッ、大丈夫なのか!?」

『わーい、たっのしー！　もう一回やりたーい！』

俺の心配をよそにスイのそんな声が聞こえてきた。

へ？

スイちゃん、心配させないでよね、も～。

気を取り直して俺も下へと降りていく。

フェルたちみたいに真っ暗な巣の中を降りていくのは無理だから、いつも使っているランタンタイプのＬＥＤの懐中電灯で照らしながらだ。

滑り落ちないように壁に手をついて慎重にゆっくりと降りていった。

そして、降り立ったのは第1の部屋。

『おい、遅いぞ。やはり我の背に乗ったほうが速いのではないか？』

「却下。こんな暗い中でジェットコースターはノーサンキューです」

『むぅ、何を言っているのか意味が分からんが嫌だということは分かった。それならば、我らを待たせるなよ』

「俺は慎重派だからしょうがないの。しかし、自分でやっておいて何だけど、すごいことになってるな」

第1の部屋はフォレストアーミーアントのドロップ品である、黒光りする頑丈そうな顎で埋め尽くされていた。

『おーい、これ全部拾うのかぁ？』

大量過ぎるドロップ品を見て辟易《へきえき》したようにドラちゃんがそう言った。

「まぁ低ランクの魔物のドロップ品だけど、とりあえずこの部屋のはある程度拾ってこうと思う」

『えー、面倒臭いな』

「そう言わないの。ほらスイだってああやって手伝ってくれてるんだから手伝ってよ」

『はい、あるじー』

拾い集めたドロップ品を渡してくるスイ。

『しょうがねぇなぁ』

「フェルも手伝ってよね」

『面倒だが仕方がないな』

フェルにマジックバッグを預けて手分けしてフォレストアーミーアントのドロップ品を拾っていった。

みんなで無心になって拾いまくった。

いくつか拾い残しがあるものの量的にはこれで十分となり、次の部屋へと移動する。

下へと続く坂道をフェルたちはすいすいと進んでいくが、当然俺は慎重に進んでいった。

既に次の部屋を眺めているフェルとドラちゃんはなんだかげんなりした様子。

「ん、どした？」

俺も部屋の中を覗《のぞ》いてみると……。

「げっ、またこれかよ」

『あるじー、拾うー？』

この部屋の中にもフォレストアーミーアントの顎が大量に落ちていた。

ったく、どんだけいたんだっての。

「フォレストアーミーアントのドロップ品の顎は十分過ぎるほどあるし、ここはもういいよ」

そう言うとあからさまにフェルとドラちゃんがホッとしていた。

ちょっと、そんな嫌がるほど拾わせてないでしょ。

『よし、次だ次』

ドラちゃんがそう言いながら次の部屋に向かって飛んでいった。

しかしながら、次の部屋も次の次の部屋も同じくフォレストアーミーアントのドロップ品の顎だらけだった。

『本音を言うとあんな煙だけで殲滅なんてできるのかって思ったけど、こりゃあすごい効き目だ。奥にいたアリまで全部死んでるんだからな……』

ドロップ品だらけの部屋を見てドラちゃんがそうつぶやいた。

『まったくだ』

フェルも部屋の状況を見て同意している。

「強力な燻煙タイプの殺虫剤だからな。煙が隅々まで行き渡るから効き目も抜群ってわけよ」

俺が作ったわけじゃないけど、なんだかちょっと誇らしくなった。

製薬会社さんありがとう。

あなたたちの作った殺虫剤は異世界で大活躍してます。

まぁ、そんなことは置いておいて、下りていった次の部屋が最後の部屋らしい。

すなわち……。

『あれがクイーンフォレストアーミーアントだな。しぶとく生き残っているぞ』

フェルがそう言いながら鼻先で指した先に、普通のフォレストアーミーアントの4、5倍はありそうなデカいアリが仰向けにひっくり返った状態で足をピクピクさせていた。

『これしかいないから、幼虫は全部死んだみたいだな。1匹も残ってないぜ』

ドラちゃんが言うように、最後の部屋にいたのはクイーンフォレストアーミーアントだけだった。

『お主がやったのだ。最後もお主がやれ』

「あ、ああ。分かった」

フェルに促されて、クイーンフォレストアーミーアントの前に立った。

そして、アイテムボックスからスイ特製のミスリルの槍《やり》を取り出した。

「そりゃっ」

クイーンフォレストアーミーアントの腹にミスリルの槍を深く突き刺す。

ピクンと動いたあとクイーンフォレストアーミーアントが息絶えた。

クイーンフォレストアーミーアントが消えたあとには、クイーンフォレストアーミーアントの顎と極小の魔石が落ちていた。

それから……。

『おい』

『ああ』

『あるじー、奥に何かあるよー』

クイーンフォレストアーミーアントの陰になって見えなかったそれが、クイーンフォレストアーミーアントが消えたことによって露《あら》わになった。

「宝箱、だな……」

まさかこんなアリの巣の奥深くに宝箱があるとは思いもしなかった。

◇◇◇◇◇

俺たち一行の前に鎮座する宝箱。

古びた木製の宝箱だ。

フォレストアーミーアントの巣とは言え、当然のことながらここもダンジョンの一部ということなのだろう。

鑑定してみたが、特に罠《わな》などは仕掛けられていないようだ。

「罠はないみたいだ。開けてみるぞ」

慎重を期して槍先で宝箱をこじ開けた。

ガタンという音と共にフタが開く。

俺、フェル、ドラちゃん、スイ、みんなで恐る恐る中を覗くと、中にはペンダントが1つ入っていた。

チェーンをつかんで上に持ち上げる。

ペンダントヘッドは、銀色の幾何学模様が描かれたメダルのようなものでその中央にはオパールのように虹色に輝く石がはめられていた。

『ほう、なかなかのものだぞ。それは』

先に鑑定を済ませたのか、フェルがそう言った。

急いで俺もペンダントを鑑定してみる。


【解呪のペンダント】

どんな呪術も一度限り無効化するマジックアイテム。


「これは……」

ゴクリと唾を飲み込む。

『おい、何だったんだよ？』

ドラちゃんが何なのかと答えを急《せ》かす。

「解呪のペンダント、だって」

『ふーん、興味ねぇな』

『お肉が入ってればよかったのに～』

ドラちゃんとスイは一気に興味が失《う》せたよう。

逆に俺にとっては……。

「な、なぁ、フェル、これって、一度限りの使い捨てではあるけど、どんな呪いでも無効化するってことなんだよな？」

『うむ。我の鑑定ではそうなっておる』

フェルの詳しい鑑定でもそういう風に出たということはだ、どんなに強い呪術でも無効化するってことだ。

「ということは……」

『お主が身に着けているのが良かろうな』

思い出してみてほしい。

俺には神の加護があるけど、全てにおいて（小）であることを。

神様曰《いわ》く、『神の加護（小）とは言っても、即死効果のあるものや余程強い呪術でもない限り状態異常無効化の力は発揮されるし、魔法の発動が良くなる』とのこと。

ここで注目してほしいのは〝余程強い呪術でもない限り〟というところだ。

そう、強い呪術は無効化できないということになるのだ。

後になって加護（小）が追加されて、重ねて加護（小）がついているから普通の加護と同様の効果があるとは聞いているものの、正直に言えば不安がまったくないとも言えない。

何せ加護（小）だしさ。

ということで、ここは素直に俺が使わせてもらうことにする。

「ああ。俺が使わせてもらうよ」

早速俺は解呪のペンダントを首にかけた。

フフフフフ、これで懸念していたことが1つ減ったぜ。

まぁ、強い呪術なんて受けることはないだろうけど、万が一ってことがあるからね。

これがあれば俺としても安心だ。

あとは即死効果を無効にするマジックアイテムでも出れば嬉しいんだけど。

そんな都合のいいことはないだろうけどさ。

『ここにはもう用はないだろう。出るぞ』

フェルにそう言われて、俺たち一行はアリの巣から脱出した。

出るときはフェルの背中に乗せてもらったからちんだったよ。

◇　◇　◇　◇　◇

フォレストアーミーアントの巣から帰還し、地上（？）に戻った俺たち一行は再び森の探索を開始した。

出てくる魔物を迎撃するのはもちろんスイだ。

ジャイアントキラーマンティス、ジャイアントセンチピード、ヴェノムタランチュラ、パラライズバタフライ等々のほか、出なくてもいいのにヌメヌメ系の魔物も出てきた。

ヌメヌメ系の魔物は見るだけでもゾワッとくる嫌な魔物だけど、スイが率先して倒してくれたから何とかなった。

フォレストアーミーアントの巣から遠のくほどに徐々に獣系の魔物も出てくるようになり、少しだけど皮やら肉のドロップ品も取得することができた。

そうこうするうちに夕飯時に。

夕飯は、フェル、ドラちゃん、スイの希望でギガントミノタウロスの肉を使うことにした。

「またギガントミノタウロスの肉か。何にしようかな。いい肉なのは間違いないし、シンプルにステーキが一番いいような気がするけどいつもそれじゃあねぇ……。あ、森の中だから煙を気にする必要もないし久々にBBQコンロを使ってもいいかも。まぁ厳密に言ったらダンジョンの中だから、森の中ってのは違うかもしれないけどもさ」

BBQコンロか、それならば……。

「BBQコンロでギガントミノタウロスの炭火焼ステーキと洒落《しゃれ》こむか」

アイテムボックスからBBQコンロを取り出して準備をした。

「よしと、炭もいい感じだしもうそろそろ焼き始めてもいいだろう」

適度な厚みに切って塩胡椒《こしょう》を振りかけたギガントミノタウロスの肉を網の上に並べていく。

ジュッという音とともに肉の焼ける美味《うま》そうな匂いが立ち上っていった。

「たまらんなぁ、この匂い……」

炭火でじっくり焼くためにしばしの時間を置く。

ギガントミノタウロスの肉から脂が滴り落ちて炭の炎がボッと燃え上がる。

もうちょい、もうちょい、よしいいだろう。

いい具合に焼けたギガントミノタウロスの肉を次々とひっくり返す。

くっきりと格子状に付いた焼き目が目にまぶしい。

「絶対美味いだろ、これ」

ゴクリと思わず唾を飲み込みながら、そんなことを1人つぶやいていると、ＢＢＱコンロの網に何かの雫《しずく》が垂れてジュッと蒸発した。

何だと思って上を見上げると、フェルが涎《よだれ》をダラダラ垂らしながらギガントミノタウロスの炭火焼ステーキをガン見していた。

「ちょちょちょっ、フェル汚いだろうが！」

『汚いとは何がだ』

「何がだじゃないよっ！　涎ダラダラ垂らしてるでしょうが。しかも網の上に垂らしやがってー」

『おっと、すまん』

「すまんじゃないよー。フェルの涎のついた炭火焼ステーキなんか食いたくないからな。見るならもうちょっと下がったところから見ててよ」

『むぅ、まだ出来んのか？』

「もうちょっとだよ」

『この匂い、我慢できねぇ……』

『早く食べたーい！』

フェルの横でホバリングしているドラちゃんとフェルの頭の上に乗っているスイもフェル同様に炭火焼ステーキに目が釘付《くぎづ》け状態だ。

「もうちょっとで焼けるから、な」

そう言い含めて、再びステーキに目を移した。

ジュー――――。

焼け具合をジッと窺う俺の頭上から聞こえる荒い鼻息。

「だぁかぁらぁ、フェルはもう少し後ろにいてよー。って、ああ！　お前俺の肩にも涎垂らしてー！」

ベッタリと肩についたフェルの涎を急いでタオルで拭いた。

「ったくもう何やってんだよ。フンフン、フンフン鼻息も荒いし」

『仕方がないだろう！　その肉の焼ける匂いがたまらんのだ。腹が減っている我にその匂い嗅がせながら我慢しろというのが殺生過ぎるのだ』

「何が殺生過ぎるのだだよ。肉を焼いてるんだから匂いもするだろ。焼き上がる間くらい我慢しろ

よな」

『ぐぬぬ』

『まぁまぁ。しかし、フェルの言うことも分かるぞ。空《す》きっ腹にこの匂いはいかんわ。ジュルッ……』

『あるじー、お肉まぁだ？　スイ、早く食べたいー』

ドラちゃんまで涎すすってるし。

スイは待ちきれなくてブルブル振動してるよ。

「ああもう分かったって。あとほんのちょっとだから！」

もうちょい、もうちょい、よしっ。

「はい、焼きあがったぞ」

それぞれの皿の上にデデンとギガントミノタウロスの炭火焼ステーキを数枚ずつ載せて出してやるとフェルもドラちゃんもスイも無言でがっついている。

第2陣を焼き始めるが早くも食い終わったフェルが次のステーキを待っていた。

『おかわりはまだか？』

「今焼き始めたところだから、もうちょい待って」

そう言ったにもかかわらず、フェルはそわそわしながら『まだか』って何度も聞いてくる。

そうこうしているうちにドラちゃんとスイも食い終わってスタンバイしている。

ようやく焼けたところで出してやると、またもやみんながっついていた。

「ステーキ醤油《しょうゆ》はかけなくていいのか？」

『む、かけてくれ！　ニンニクのやつだぞ』

『俺も！　この肉には絶対ニンニクのやつが合うはずだ』

『スイもー！』

炭火焼ステーキにニンニク風味のステーキ醤油をかけてやる。

合わないはずがないね。

思わず俺の喉もゴクリとなるが、まだまだギガントミノタウロスの肉を焼かねばならないだろう。

思ったとおり、フェルとドラちゃんとスイの食欲は止まらない。

ニンニク風味に続いておろし風味、玉ねぎ風味、バター風味のステーキ醤油と次々とステーキを出していく。

一巡したところでドラちゃんが脱落。

ポッコリしたお腹《なか》をさすりながら満足そうに大の字になって横になっている。

『我はまだ食うぞ』

『スイもまだ食べるもんね～』

フェルとスイの腹は底なしかよ？

恐ろしい子。

さらにニンニク風味と玉ねぎ風味のステーキ醤油を掛けた炭火焼ステーキを食ったところで、ある程度食欲も落ちついてきたのかがっつく感じがなくなった。

ようやく落ちついたってことで、俺もギガントミノタウロスの炭火焼ステーキをいただくことにした。

俺の分は食べやすいように一口大に切ってからだ。

切っている最中も肉汁があふれ出てくるし、切った断面も程よいピンク色。

ものすごくイイ感じに焼けている。

その肉に付けるのは最近密《ひそ》かにマイブームとなっているブレンド塩。

わさび塩とレモン塩を用意してみた。

まずは切り分けた炭火焼ステーキにわさび塩をチョンと付けてパクッと頰張った。

「なんだこれ、超美味い」

わさびの爽やかな香りと辛味がほんのりと鼻を抜ける塩が肉汁あふれる炭火焼ステーキに絶妙にマッチしていた。

「ヤバい。いくらでも食えるぞ」

わさび塩を付けた炭火焼ステーキ肉を頰張る手が止まらない。

「おっと、こればっかり食ってちゃダメだな。レモン塩の方も試してみないと」

今度はレモン塩をチョンと付けてパクリ。

「レモンの香りが爽やか〜。こっちも美味いなぁ。これなら肉だってさっぱりといけちゃうよ」

今度はレモン塩を付けた炭火焼ステーキ肉を頰張る手が止まらない。

「こりゃあ甲乙付け難いね」

そんな感想を言いながらレモン塩を付けた炭火焼ステーキ肉をパクッと頬張ったところで、こちらをジーっと凝視する視線が。

『おい、それは何なのだ?』

「えーっと、わさび塩とレモン塩」

『この肉に合うのか?』

「うん、バッチリ」

『何故《なぜ》そういうものを早く出さないのだ！　我にもよこせ！』

『スイにもちょーだーい！』

「はいはい、分かりました」

そう言ってフェルとスイの分を用意していると、大の字になって寝ていたドラちゃんがガバリと起き上がって『俺もちょっと食うぞ！』だって。

ダンジョンの中だってことをついつい忘れて、ギガントミノタウロスの炭火焼ステーキを思いっきり堪能してしまった俺たちだった。

第七章　スイ激オコ

朝食後、再び森の探索を開始した俺たち一行。

出てくる魔物は昨日に引き続きスイが一手に引き受けていた。

フェルの背に乗る俺の上やフェルの上を縦横無尽に移動しながら酸弾を放ち次々と撃破していく。

高ランクの魔物のドロップ品を拾いつつ進んで行くが、フェルの機動性をもってしても森を抜けることは未《いま》だ叶《かな》わなかった。

『しっかし、広い森だな。まだ抜けないのか？』

フェルの背から念話でそう聞いてみる。

『最短距離で移動してはいるのだがな。この森が広すぎるのだ』

フェルが言うには、現在地は感覚的に半分をちょい過ぎたくらいなのだそうだ。

『ったく、ダンジョンの中なのにこんな広い森作っちゃって嫌になるね』

『全くだ。我が相手にしたい強い魔物もいないしつまらん』

『それには俺も同意。ここならスイの戦力だけで何の問題もないもんな。俺らの出番がねぇよ』

いやいや、そんなこと言えるのは君たちだけだからね。

この森、ちょいちょいAランクの魔物出て来てるでしょ。

時々Sランクが交じってたりするし。

スイがすぐ倒しちゃってるけどさ。

さっきもスイが倒したギガントヘラクレイオスビートルとかいうSランクのでっかいカブト虫の魔物のドロップ品を拾ったばっかりじゃないか。

俺の背丈くらいある長い角とそこそこ大きい魔石をさ。

そんな風に思いながらフェルとドラちゃんの言い分に若干頬をヒクつかせる俺だったけど、それが通ってしまうのがうちの最強トリオなんだよねと最終的には苦笑い。

『まぁ、ここはこのまま進んで行くしかないね』

『もっと速く走って良いのなら、今より速く進むこともできるがな』

『フェル、それは止めて。俺が落っこちて死ぬから』

フェルの提案は当然即座に止めた。

フェルの速くっていうのは本当にハンパないから。

吹っ飛ばされて背中から落ちるのがオチ。

ダジャレじゃなくて、マジな話。

だからこのままの速度で進んでくださいよ。

一向に終わりの見えない森に辟易《へきえき》しながら、森を抜けるために俺たち一行は移動に専念することにしたのだった。

◇　◇　◇　◇　◇

昨日と今日、移動に費やすこと2日。

俺たち一行はようやく森を抜ける目前まで来ていた。

それはすなわちこの階のボスが出てくるということだった。

「あれがボスか……」

森を抜けたその先にあったのは大きな岩山だ。

その中央にポッカリと口を開けた大きな洞窟があった。

洞窟の前には体長10メートルはあろうかという4本腕の超巨大熊が我が物顔でのっしのっしと歩き回っていた。

俺たちは、途切れた森の手前にある木の陰からその様子をうかがっていた。

超巨大熊を鑑定してみると……。

【4アームズベアー】

Sランクの魔物。怪力無双。雑食で非常に凶暴。

「怪力無双……、非常に凶暴……」

うん、見るからにそんな感じするよ。

『心配するな。彼奴《あやつ》は何度か倒したことがある』

俺が余程不安そうな顔をしていたのか、フェルが小声でそう言った。

「そうなのか？」

『うむ。あれは確かに怪力で凶暴だが、体がデカいのもあって機敏ではないからな。近付きさえしなければどうということはない。それよりもだ、彼奴の肉は少しクセはあるがそれもいい味わいでなかなかに美味《うま》いのだ』

フェルのその言葉に反応したのは肉好き仲間のドラちゃんとスイだ。

『ほ～、あれの肉は美味いのか。一度見かけたことはあるが食ったことはなかったんだ。ちょうどいい』

『美味《おい》しいお肉なのかぁ。楽しみ～』

あの凶暴な面の熊を肉としか見ていないんだなぁ、うちのみんなって。

分かってはいたけど。（遠い目）

『よし、それでは行くぞ』

『おうよ。オラァ、肉よこせー！』

『美味しいお肉～！』

一斉に飛び出していったフェルとドラちゃんとスイ。

「お、おいっ、ドロップ品が肉とは限らないんだからなっ」

そう声を掛けるが、熊肉のことで頭がいっぱいなトリオに聞こえたかどうかはわからない。

そして、飛び出したフェル、ドラちゃん、スイから繰り出される一斉攻撃。

ズガガァァァン――――。

フェルの雷魔法だろう4アームズベアーの脳天に落ちる稲妻。

ドシュンッ――――。

ドラちゃんの氷魔法だろう先の尖《とが》った太い氷の柱が4アームズベアーの背中から貫くようにグッサリと深く刺さる。

ビュッ――――。

スイの酸弾が4アームズベアーの横っ腹に大きな風穴を開けた。

「グァ……」

どれもが致命傷になりうる攻撃を一斉にその身に受けた4アームズベアーは、か細い声を出したあとドスンッと大きな音を立てながら横に倒れていった。

4アームズベアーが倒されたのを見計らって、俺はみんなの下へと近寄った。

『よっしゃあ！　にーく、にーく、にーく！』

『おにく、おにく、お・に・く～♪』

ご機嫌でアクロバット飛行を披露しながらにーくにーくと掛け声をかけるドラちゃんと、ポンポンとリズムよく飛び跳ねながら鼻歌交じりのスイ。

「いやいやだからさ、さっきも言ったんだけど聞いてた？　肉が出るとは限らないだろ」

『ぬっ、確かに』

フェルさん、今気付きましたって顔しないでよ。

『えーっ？　肉出ないかもしれないんか？』

『お肉でないのー？』

「いやさ、何がドロップされるかはわかんないだろ？……あ、ちょうどドロップされた」

ドロップ品を確認すると……。

「毛皮と肝と魔石だって」

「くっ、肉が出ぬとは……』

『何だよー、期待してたのにー』

『むぅ、お肉でなかったー』

肉が出なかったことにガッカリするトリオ。

「まぁ、こういうこともあるさ。とりあえず先に進もうぜ。この洞窟の中に下へ続く階段があるんだろ？」

俺は洞窟の中へと1歩足を踏み入れた。

「グオォォォォォッ」

ドスドスドスと地響きのような足音とともに目の前に現れたのは……。

「わわわわわわっ、もっ、もう1匹いたのー!?」

俺の目の前に現れたのは、もう1匹の4アームズベアーだった。

思わず声をあげた俺に気付いた4アームズベアーが俺に向かって腕を振り上げた。

「グガオォォォォォッ」

息遣いさえも感じられる距離。

あまりの迫力と恐怖に、俺は腰が抜けてへたり込んでしまった。

『あるじをいじめるなー！』

ビュッ――――。

『小賢《こざか》しい。死ね』

ズガガァァァン――――。

『どうせなら肉落とせよ！』

ドシュンッ――――。

スイ、フェル、ドラちゃんから先ほどと同じ一斉攻撃が新たな4アームズベアーに向かって繰り出された。

「グォ……ガ…………」

後ろにドタンと倒れた4アームズベアーはピクリとも動かなくなった。

そして少しすると……。

『ヤッター！　お肉出たよー！』

スイがドロップ品の肉の前で嬉《うれ》しそうにポンポン飛び跳ねていた。

『よっしゃ、来たな！　食ったことのない肉だからめちゃくちゃ楽しみだぜ！』

ドラちゃんも初めての肉に興奮気味だ。

『ちと少ない気もするが、まぁいいだろう』

少ないって、フェル、その肉塊10キロくらいはありそうなんだけど。

トリオに重要なのは肉みたいだけど、それ以外にも爪と魔石をドロップしていたのでもちろん回収したよ。

「はぁ、しかしさっきはビックリしたぁ……。いきなり目の前に現れるんだもんな。まだ膝がガクガクしてるよ」

『お主はいつになってもだらしないのう。ほれ、シャキっと歩け』

そう言いながら未だ本調子ではなくよろよろと歩く俺を尻尾でパシパシ叩《たた》くフェル。

「おい、叩くなよぉ。そんなこと言ったって、しょうがないだろ。あんなん目の前に出てきたら誰だって驚くって」

正直漏らさなかっただけでも自分を褒めてやりたいくらいだぜ。

『あんなのはただデカいだけの魔物でたいしたことはない。そんなことよりお主の歩調に合わせていると、いつになっても下に行けないぞ。乗れ』

「まぁいろいろ言いたいけど、お願いするよ。この洞窟から早く出たいし」

俺はよろつく足を叱咤《しった》してフェルの背中によじ登った。

『では、行くぞ』

俺たち一行は洞窟の最奥にあった階段を下りて40階層へと向かったのだった。

40階層に降り立った俺たち一行の目の前に現れたのは……。

「え〜、また森!?」

先ほど後にした39階層と同じ青々と生い茂る木々が立ち並ぶ森だった。

「なぁ、フェル、これってさっきの39階層の森と同じくらいの広さがあったりするのか？」

そうなんだろうなと思いつつもフェルに聞いてしまう。

『うむ。もしかしたら先ほどよりも広いかもしれぬな』

フェルの答えを聞いてガックリ。

39階層の森よりも広いなんて……。

ようやく森を抜けたところだってのに、トホホだよ。

『しょうがない。進むぞ』

『それしかないよな。じゃなきゃあ下の階へ進めねぇもんよ』

フェルとドラちゃんの言うことはもっともなんだけど、ため息が出ちゃうよ。

『魔物はスイがぜーんぶ倒しちゃうからまかせてー』

スイだけはウッキウキだ。

「仕方ない、行くか」

俺たち一行は40階層に出現した新たな森に足を踏み入れた。

◇　◇　◇　◇　◇

ここ40階層の森では蟲の魔物は激減し、獣系の魔物が次々と襲い掛かってきた。

レッドボアを皮切りにコカトリス、ロックバード、ジャイアントドードー、ジャイアントディアーと普段からよくお世話になっている（主に肉として）魔物のほか、ジャイアントホーンラビットやワイルドエイプ等々が次々と現れた。

もちろんスイがフェルの上から酸弾を放ってすぐさま倒していったけどね。

そんなわけで俺たち一行は危なげなくどんどんと森の中を進んで行った。

『よし、今日はここまでにするぞ』

フェルがその念話とともに足を止めた。

「暗くなってきたし、そうしよう」

どういう原理なのかはわからないけど、ダンジョンの中なのに時間に合わせて明るくなったり暗くなったりするんだよね。

今までのダンジョンもそうだったけど、森とか砂漠とかフィールド系の階層になると何でかそうなるんだ。

そこだけは時間経過がわからない階層よりはいいんだけど、無駄にだだっ広いのだけはいただけない。

『ハイハイハイハイッ！』

自己主張するように両手をあげて俺の前へ来るドラちゃん。

「何だよ、ドラちゃん」

『夕飯はさっきの熊の肉を使ってくれよ。俺、あれ食ったことないから食ってみたい！』

「熊肉だと～、まぁた面倒なことを……」

熊肉料理なんて俺やったことないんだけど。

思い浮かぶのっていったら、会社の慰安旅行で行った温泉旅館で食った熊鍋くらいなもんだぞ。

見た目は熊鍋っていうか熊汁みたいな感じだったけどさ。

味噌《みそ》仕立てで熊肉も思ったほどクセもなくて普通に美味かったからよく覚えてる。

そういや話の種で旅館の人に作り方も聞いたな。

「熊肉っつったら、熊鍋くらいしか思い浮かばないぞ」

『鍋、いいじゃん。鍋にしてくれよ！』

『鍋か。我もそれでいいぞ』

『スイもお鍋好きだからいいよー』

そんな感じで夕飯は熊鍋に決定。

とは言っても、旅館の人が言ってたけど熊肉って獲《と》れた時期やらその年齢やらによって臭みとか肉の硬さなんかが違うって話だったんだよなぁ。

旅館で食ったときの熊は冬眠直前で年齢もちょうどいい頃合の熊だったらしくて臭みもなくて美味かったけど。

ダンジョン産の4アームズベアーはというと……。

4アームズベアーの肉の匂いを嗅いでみる。

「うーん、そんな変な匂いはしないな。とりあえずちょっとだけ焼いて味見してみるか」

4アームズベアーの肉を少しだけ切り取って、塩胡椒《こしょう》をして焼いて食ってみた。

「んん？　このままでも全然いけるぞ。肉も全然硬くなくて普通に噛《か》み切れるし。ちょっとだけジビエ肉特有のクセがあるけど、そんな嫌な感じもしないな」

どうなんだろと思ったけど、全然イケる。

考えてみると、熊肉とは言っても日本の熊と違うのは当然と言えば当然だよな。

何せこれは異世界のダンジョン産の魔物肉なんだから。

「これなら旅館で教わったレシピに沿って作っても美味い熊鍋が出来そうだな」

俺は、温泉旅館で作り方を教わったのを思い出しながらネットスーパーで材料を購入していった。

「さてと、まずは野菜だな」

ダイコンとニンジンはイチョウ切りにして、ゴボウはささがきにして水にさらしておく。

4アームズベアーの肉は適当な大きさに切り分けて薄切りにする。

そうしたら深鍋にごま油をひいて、熊肉を炒《いた》めていく。

熊肉に火がとおったところでダイコン、ニンジン、ゴボウを入れてさらに炒めて、全体に油が回ったらだし汁（昆布だしがいいっていう話だった。今回は簡単に顆粒《かりゅう》の昆布だしを使ったよ）を加えて煮ていく。

ここで灰汁《あく》が大量に出てくるって話だったから灰汁取りシートを購入してたんだけど、4アームズベアーの肉は出ないことはないけど大量というほどでもなかった。

そうは言ってもしっかり灰汁取りシートを使って取り除いたけどね。

灰汁が取れたら田舎味噌とみりんを入れてコトコト煮込む。

その間にエノキとシメジをほぐして、ネギはななめ切りにして木綿豆腐は賽《さい》の目切りに。

最後に火の通りやすいエノキ、シメジ、ネギ、木綿豆腐を加えて火が通ったら出来上がりだ。

味見してみると、なかなかに美味い。

ちょっとだけあったクセもまったく気にならなかった。

「ふぅ、何だかんだでけっこう時間かかったけど出来たぞ～」

『そうだぞ。待ちくたびれた』

『腹減ったぁ』

『お腹《なか》ペコペコ～』

「ごめんごめん、煮込み時間がちょっとかかっちゃったんだよ。それよりも、はい、どうぞ」

たっぷりと熊肉、もとい4アームズベアーの肉が入った熊鍋をよそいみんなに出してやった。

『むむ、野菜が多いな……。腹が減っているしまぁ良い』

フェルが入っている野菜の多さに一瞬眉をひそめるものの、空腹の方が勝ったのかバクバク食い始める。

『ほ～、これが熊の肉か。どれどれ……』

初めての肉を味わうようにしっかりと噛み締めるドラちゃん。

『わーい、ごはん～』

お腹ペコペコのスイはすごい勢いでバクバク食っている。

魔道コンロをフル活用して深鍋4つに用意した熊鍋が見る間に減っていった。

毎度毎度のことだけど、みんなよく食うよなぁと思う俺であった。


『ふぅ、食った食った』

ポコンとした腹をさするドラちゃん。

『しかしよ、熊の肉も悪くはないけど、ぶっちゃけでっかいミノタウロスの肉の方が美味いよな』

……オイ。

『肉の美味さで言うなら当然だろう。これはたまに食うから美味いのだ』

……オィィイ。

『あのねー、スイもそう思うの。さっきのも美味しかったけど、大きい牛さんの魔物のお肉の方がもっと美味しいかなぁ』

スイちゃぁぁぁん。

熊肉なかなか美味いって言ったくせに……。

熊肉食いたいって言ったくせに……。

正直に言えば俺だってギガントミノタウロスの肉の方が美味いとは思うよ。

でも、それを言っちゃあお終《しま》いなのよ。

ハァ、熊肉は鬼門だな。

◇　◇　◇　◇　◇

移動に費やすこと3日。

フェルの言ったとおり、40階層の森は39階層よりも広かった。

この3日で、皮やら角やら牙やらのドロップ品がわんさか溜《た》まっていた。

肉があまりドロップしなかったことにトリオはブーブー言っていたけどこればっかりはね。

とにもかくにもようやくその広大な森を抜けた。

そして、その先で待ち受けていた階層ボスは……。

「な、何じゃありゃあ……」

木の陰から様子をうかがいながら、思わずつぶやいてしまう。

ポカーンと見上げるその先には、超巨大だと思った39階層のボスである4アームズベアーよりもさらに一回り大きな金色の鹿っぽい魔物がいた。

その金色の鹿っぽい魔物は、足元にある紫色の果実のなった低木をムシャムシャと食《は》んでいた。

『ほ～、珍しい』

「知ってるの？」

金色の鹿っぽい魔物を見て目を見張る。

『昔、一度だけ見たことがある。本当なら遣《や》り合ってみたかったのだが、逃げられた』

1000歳超えのフェルが一度だけしか見たことないってものすごいレアな魔物だな。

『あ～あれならやりそうだわ』

話を聞いていたドラちゃんがうんうんと頷《うなず》きながらそう言った。

「何だよ、ドラちゃんも知ってるのか？」

『ああ。昔住んでた森にいたからな』

ドラちゃんの話では、その昔住んでいた森の主《ぬし》のような存在があの魔物だったそうだ。

『あれは頭が良くて争いごとも好まないからな。基本的に自分から襲うような真似《まね》はしないし。きっと自分よりも明らかに強いフェルを見て逃げ出したんだろうよ』

そうは言っても、強い魔物であることは間違いないって話だけど。

『俺もよ、若かったんだよなぁ。あいつが戦ってるとこなんて見たことなかったもんだから、森の主とは言ってもたいしたことねぇと思ってたんだ。でもよぉ……』

そう言って苦々しい顔をしたドラちゃん。

何でもその森の主とやらは、オレンジ色の実のなる木の根元を塒《ねぐら》にしていてその木を大切にしていたそうだ。

それこそ、その木に近付こうものなら誰であろうが容赦なく威嚇して追っ払うくらいに。

そんなに大切にしている木になっているオレンジ色の実は絶対に美味いはずだと当たりをつけたドラちゃんは、どうしてもそのオレンジ色の実が食いたくなったわけだ。

そして、森の主の目を盗んでオレンジ色の実をゲット。

だけどまんまと森の主に見つかって……。

『いやぁ、ものすっごい怒りようでな。あいつ、雷魔法使いであの金色の角の間にバチバチッて電撃が走るんだぜ。その強烈な電撃を俺目がけて容赦なく撃ちまくってきてよぉ。しかも、しつこくって結局1日中追い回されたんだぜ』

ドラちゃんがその時のことを思い出したのかブルリと震えた。

追い回されたおかげでオレンジ色の実は途中で落として食えず仕舞いなうえに、結局このことが原因で住処《すみか》を引っ越しせざるをえなくなったそうだ。

まぁぶっちゃけドラちゃんの自業自得なんじゃとは思うけども。

さて、長命のフェルにも珍しいと言わしめ、若かりし頃と言ってもこの強いドラちゃんを追い掛け回したあの金色の鹿っぽい魔物は何て名前なんでしょうかね。

【ズラトロク】

Sランクの魔物。頭が良く、滅多《めった》なことでは襲わないが、大切にしている物に手を出すと激怒して執拗《しつよう》に攻撃を仕掛けてくる。

おぅ、ドラちゃんの説明そのまんまだね。

〝大切にしている物に手を出すと激怒して執拗に攻撃を仕掛けてくる〟だって。

ここにいるあのズラトロクが大切にしている物って何だろ？

それを避ければ戦わないで済むかもしれないし。

うーん……、あっ！

「な、なぁ、大切にしている物って……」

『あれな、果実が大好物なんだよなぁ』

森の主を思い出したようにドラちゃんがそうつぶやいた。

「ってことは、やっぱり足元に生えてる……」

『今も彼奴が食っているあの木だろうな』

フェルも同じ考えだった。

「ど、どうするよ？　あの岩山の少し右手にある洞窟が下への階段に続く道だろ？」

『恐らくはな』

あの洞窟へ行こうとするなら、その手前に群生している紫色の果実のなった低木の間を通っていくしかない。

そうなればきっとというか絶対にズラトロクは怒るだろうなぁ。

『考えてもしょうがないだろう。倒さねば通れないというなら倒すまでだ』

フェル、もっともらしいこと言ってるように聞こえるけど、本音はただズラトロクと戦いたいだけだよね。

『飛べる俺ならあいつを避けて洞窟へって手もあるけど、お前らだとなぁ。フェルの言うとおりここはあいつを倒すしかなさそうだな。あいつはあの森の主じゃあねぇけど、ここで鬱憤を晴らさせてもらうぜ』

ああもう、ドラちゃんもやる気になってるし。

って、あれ？

こういうとこで一番やる気満々になっちゃうスイは？

フェルの背中にもいない。

俺の革鞄《かわかばん》の中にもいない。

足元にもいない。

「なぁ、スイどこいった？」

『知らん。そこら辺にいるだろ』

『我も知らんぞ。……む、あれか？』

「どこどこ？」

『あそこだ』

「ちょっ、スイッ!?」

フェルが鼻先で指したのは、ズラトロクの足元に広がる紫色の果実のなった低木の上。

スイは低木の天辺《てっぺん》に鎮座してズラトロクを見上げていた。

『ねぇねぇ、このむらさきの実って美味しいの？　スイにもちょうだーい』

スイがズラトロクにそう念話で話しかけるのが聞こえてきた。

しかし、ズラトロクはというと……。

「キャーアアアアア!!」

何とも耳に響く甲高い叫び声をあげていた。

そして、頭上に輝く2本の金色の角の間がバチバチッバチバチッと音を立てながら放電していた。

「お、おおおおい、あれ、ヤバくないか？」

『めっちゃ怒ってんな、あれ』

『うむ、激怒しておるな』

「いやいや、何でそんなに冷静なのっ？」

そうこうしているうちにズラトロクの角から強烈な電撃がスイに向かって放たれた。

ドガンッ――――。

「うわぁぁぁっ、スイーッ！！！」

『落ちつけよ。ほら、スイはあそこでピンピンしてるぞ』

ドラちゃんの小さい手が指す方に無事な姿のスイが。

「スイー、良かったぁ……。って、きゅ、救出！　スイを早く救出してよ！」

俺がそう言うと、当のフェルとドラちゃんはお互いに顔を見合わせて『救出ってなぁ』『必要なさそうだぞ』などと言っている。

「ちょっとちょっと何悠長にしてるのさっ!?　早くスイを……」

早くスイを助けに行ってと言おうとすると、再びスイの念話が聞こえてきた。

『もー、危ないなぁ。いきなりこんなことするなんて、ダメなんだからねー！　スイ、怒っちゃうんだから！』

無事なスイを見てさらに怒り心頭になったのか、ズラトロクがまた耳障りな甲高い叫び声をあげた。

「キャーアアアアア!!」

そして、再び強烈な電撃をスイへと放つ。

ズガンッ――――。

それを横っ飛びして避けるスイ。

『あー、また撃ったー！　スイ、もう怒ったからねー！　許さないんだからー！　エイッ』

ビュッ、ビュッ――――。

スイの酸弾がズラトロクの前足の間、ちょうど胸の辺りに吸い込まれていった。

「ギャーアアアアアァァァァァァ!!」

ビクッとするような絶叫のあと、ゆっくりと横に倒れていくズラトロク。

『スイは強いんだからねー！』

「スイちゃん……」

『だから言っただろ、救出なんてする必要ないってよ』

『うむ、強くなったなスイ』

何しみじみ言ってんだよ～、フェル。

そんなことよりも……。

俺は低木を掻《か》き分けてスイの下へと急いで向かった。

「スイー、勝手に1人で行ったらダメでしょ～。心配したんだからな、もー」

スイを抱きしめてそう言い聞かせる。

『美味しそうにこの実を食べてたからスイも食べたくなっちゃったのー。あるじー、ごめんなさぁい』

スイのニュッと伸ばした触手の先には紫色の果実が。

「これかぁ。美味いのかな？」

大きさは巨峰1粒ほどの大きさの紫色の実だ。

『美味しいよ～。あるじも食べてみてー』

スイはもう味わったのかそう言って触手でつかんだ紫の実を俺に差し出してきた。

「お、ありがとな」

スイからもらった紫の実（鑑定ではヴィオレットベリーと出た。生息地が少なくかなり珍しい実のようだ）を口の中へ。

「お～、甘酸っぱくて濃厚な味わいだ。ブルーベリーの味に似てるな。ブルーベリーはたまにエグみのあるやつがあるんだけど、これは熟して本当に美味いブルーベリーだな。いや、それより美味いかも。このまま食っても、ジャムにしても良さそうだ」

『あるじー、ジャムって甘いのだよねー？』

「うん、そうだぞ」

『わーい、甘いの好きー。あるじー、ジャムいっぱい作ってー』

「そうか、それならこの紫の実をいっぱい採っていかないとな。よーし、スイも手伝って。ドラちゃんもだ。フェルはー、これの収穫は無理そうだな。フェルは見張り役を頼むぞ」

『ったく、面倒だなぁ』

『我は見張りだな。良かろう』

俺とドラちゃんとスイはヴィオレットベリーの収穫に精を出した。

面倒だなんて言っていたドラちゃんも甘いものは嫌いじゃないからけっこうがんばってくれたよ。

そして……。

採り尽くす勢いで収穫して、大きい麻袋5つほどを収穫することができた。

途中、ズラトロクが湧いてきて肝を冷やしたけど、見張り役のフェルが瞬殺。

ドラちゃんが『何だよ、主を相手にしてないの俺だけじゃん』とかブツクサ言っていたけど、次に出てくるまでなんて待たないからね。

「よしと、これだけあればジャムもけっこうな量作れそうだな」

『ヤッター！　ジャム、ジャム～』

『おい、魔物から出たものを拾っておいたぞ』

フェルがドロップ品を集めてくれていたようだ。

それを見ると、ズラトロクの金色に輝く角、これまた金色に輝く蹄《ひづめ》、極めつけは金色の毛皮、そして大きな魔石が2つ、あとは……。

「この白っぽい石と薄い青色の石は何なんだ？」

『我の鑑定では転移石と出た。白のは使い切りで、青のは5回使えるらしいぞ』

転移石だって？

そう言えば箱舟《アーク》からもらった転移石もこれと同じ涙形だった。

それに……。

「30階で転移石が手に入るらしいから、それ以降は10階ごとに転移石が手に入るようになってるのかもな。でも運が良かった。必ずしも転移石がドロップされるわけじゃないみたいなのに2個も手に入ってさ」

実際、俺たちが30階層のボスを倒したときは転移石なんてドロップされなかったしな。

まぁ、使い切りと5回と使用制限はあるもののずっとこの街にいるわけじゃないし、俺たちにはこれで十分だ……、よな？

「なぁ、転移石が出たんだから一度地上に戻ろうぜ」

そう言うと、フェル、ドラちゃん、スイから一斉に否の声が。

「でもさ、2週間程度を予定してたし、まだそこまで経《た》ってはないけど、これ以上進むと2週間過ぎちゃうぞ。神様たちへのお供えもあるしさ……」

ダンジョンの中からでもお供えはできなくはないだろうけど、やっぱり落ち着いてしたいし。

特に次はテナント問題もあるしさ。

『む、神への捧《ささ》げものか。それは疎《おろそ》かにはできんな。そういうことなら仕方がない。加護を賜った身としてドラとスイもいいな』

『そう言われるとなぁ。しょうがない、戻ろうぜ』

『フェルおじちゃん、分かったよ～』

こうして俺たち一行は地上へと戻ることとなった。

洞窟を進んだ下へ降りる階段のその左手にある部屋が魔法陣の描かれた部屋だった。

地上にあった転移部屋と同じく、中央に立つ円柱に使い切りの白っぽい転移石を近づけて「1階」と唱えた。

転移部屋を出ると、見覚えのある石畳の通路と陽《ひ》の差し込む入り口を出入りする数多くの冒険者の姿が見受けられた。

ダンジョンから出て陽の光を全身に浴びて、ようやく地上へと戻ってきたと実感する。

「ふぅ、帰ってきた～」

『神への捧げものが終わったら、またすぐにダンジョンへ潜るぞ』

ホッとしたのも束《つか》の間、フェルが念話でそう伝えてくる。

『何言ってんだよ、少なくとも5日はゆっくりするぞ。……て、あれ、俺、何か大事なこと忘れてないか？　う～ん……、なぁ、次にダンジョンに潜るときって、転移石を使って40階層からってことだよな？』

『うむ、そうだな』

40階層で出た転移石なんだから、40階層までは自由に指定できるってことだから当然だよな。

40階層、40階……、あ。

『な、なぁ、もしかして、40階層に転移したらまた初めからってことになるのかな？』

『だろうな。30階のときもそうであったろう』

…………。

「ノォォォォォーッ、またあの広大な森を突き抜けなきゃならないのかぁー！」

突然叫び出した俺に注目が集まるが、それどころではない。

何日もかけてようやく突破した森をまたやり直さなければならないのだ。

『よっしゃ！　これで俺も主と戦えるぜ！』

ドラちゃん、そんなにあからさまに喜ばないで。

余計に凹《へこ》む。

第八章 ついにテナント3が……

ダンジョンから出た後、とりあえずは冒険者ギルドへ報告へ向かった。

窓口の受付嬢に、俺たちがダンジョンから戻った旨をギルドマスターのトリスタンさんへ言伝《ことづて》を頼んですぐ帰るつもりだった。

しかし、目敏《めざと》いトリスタンさんに見つかって腰の低い態度と話術でもっていつの間にかギルドマスターの部屋へと誘導されていた。

フェルたちも付いてきてはいるものの我関せずの態度。

俺が座るイスの後ろのスペースで横になってフェル、ドラちゃん、スイともに昼寝モードだ。

「いやぁ、よくぞ戻ってこられました！　もしや、この短い期間でダンジョン踏破を？」

「いやいや、さすがにそれは」

トリスタンさんに40階層まで到達したこと。

そこのボスを倒したことで転移石が得られたことなどを話した。

「ふむふむ、なるほど。30階層の次は40階層で転移石が出ることになりますな。これは新情報ですぞ！　しかし、40階層とは新記録ですな！　これまでの最高到達階層が37階、それをすぐに上回ってしまうとはいやはやさすがはSランクの一言ですなぁ」

「いや、まぁ、そこは、ハハッ」

大部分というかほぼフェルとドラちゃんとスイの最強トリオのおかげですけどねー。

「ああ、それから……」

37階層ですれ違ったこの国屈指の実力派と言われる冒険者パーティー。

そのパーティーの持ち物だろう武器やらが37階層のボス部屋に散乱していたことを話して、一応拾ってきた物もトリスタンさんに見せた。

「まさか……。しかしこの武器は間違いなくあの方たちの物……。そうですか。ハァ……」

このダンジョンでの稼ぎ頭の1組でもあったようで、トリスタンさんもその報告には肩を落とした。

「しかし、冒険者という職業には危険は付き物ですからな。その辺は各々自覚されているはずです」

シビアではあるけど、まぁ確かに冒険者っていう職業はそうなるよな。

後のこと、遺族への通知やらは冒険者ギルドの方でやってくれるとのことだ。

拾ってきた武器類も、持ち主がいない以上は所有権は拾った俺ということになるらしい。

「話は変わりますが、これも重要なことですから……」

そう言いながら笑みを浮かべて揉《も》み手《で》でグイグイ来るトリスタンさん。

要は40階層までの情報を何でもいいから聞かせてもらえないかという話だった。

先行している冒険者にとっては、各階の情報は自分たちが有利にダンジョンを探索するための最重要事項。

下層階になればなるほどなかなか情報が集まらずに四苦八苦しているとのことだ。

まぁ、ギルドで購入できる地図も30階層までのものだしね。

これまでの最高到達階層の37階に至っては、情報が秘匿されていて出てくる魔物すらも分かってなかったみたいだし。

37階は俺たち、というかフェルとドラちゃんとスイにとってはウハウハの階層だったわけだけども。

「もちろん全てお教えくださいとは言いません。差支えない範囲で構いませんので是非とも」

「それはいいですけど、俺たちも各階層をくまなく回ったわけではないので、分かる範囲でですが……」

俺はトリスタンさんに各階層の形状や出てくる魔物などについて語った。

特に情報がなかった37階層以降についてはいろいろと聞かれて、俺も分かる範囲で話していく。

「37階層にはギガントミノタウロスですか。確か聞き覚えが……」

トリスタンさんは手持ちの魔物図鑑を引っ張り出してきてページをめくる。

「この魔物ですね？」

魔物図鑑をテーブルに置いて開いたページを俺に見せる。

「ええそうです。普通のミノタウロスの倍はありそうな大きさでした」

そう話をすると、図鑑を見ながら「ふむふむ、なるほどこの魔物は肉が大変に美味《おい》しく、皮と角も最高級品の武具の素材となるのですね」などとつぶやきながら口元に笑みを浮かべていた。

何でもこの魔物図鑑はトリスタンさん自前のもので、ここのギルドマスターに着任するときに、冒険者ギルドのギルドマスターになるからには魔物の種類やその魔物の買取部位なども把握しておいた方が良いと奮発して手に入れたものだそう。

魔物図鑑は言うまでもなく役に立っている様子。

「38階層もギガントミノタウロスなのですが、出てくる数が桁違いに多かったです」

「なるほどなるほど、そこを突破されたということは肉も皮も角も多く取得されたということですね」

そう言いながらトリスタンさんの目がギラリと光る。

いやそうですけど、肉は売りませんからね。

そんなことしたら肉好きトリオが怒り狂いますから。

トリスタンさんのギラリと光る目を無視して話を続ける。

「39階層は森でした」

「ほぅ、森、ですか。ダンジョンにはそういう階層があるとは聞いていましたが、ここブリクストのダンジョンもそうだったのですね。これは大きな収穫です」

そう言いながら図鑑の脇に置いた紙にメモを取るトリスタンさん。

「それでですね、39階層は蟲系の魔物が多かったです。ボスは4アームズベアーでした」

俺がそう言うとトリスタンさんが「4アームズベアーですと!?」とガタリと音を立てながら興奮気味に腰を浮かせた。

「え、ええ、そうですが……」

あまりの食いつきに理由を聞くと、4アームズベアーの毛皮はお貴族様に非常に人気が高いほか、肝が強力な精力剤の材料になるらしいのだ。

ここだけの話ですがとトリスタンさんが教えてくれたんだけど、4アームズベアーの肝を使った精力剤が売りに出されると、ご高齢のお貴族様方が金額に糸目をつけずにこぞって買い漁《あさ》るそうだぞ。

何のためにとは聞きたくもないけど、4アームズベアーの肝は高値がつきそうだし熊の肝なんて持っててもどうしようもないから買取に出すこと決定だな。

「それで、素材の方はっ？」

トリスタンさん食いつきすぎだから。

「ええと、かなりのドロップ品が得られましたので、それについては自分でとっておきたいものもありますし、整理してからということでお願いします」

20階と30階から40階までの探索だったけど、量的にはドランやエイヴリングのダンジョンのドロップ品にも引けを取らないくらい手に入ったからなぁ。

やっぱり自分で把握するためにも整理しておかないと。

買い取りに出すのはそれからだ。

「何とか今すぐにでも買い取りさせていただくことはできませんか？」

「いやぁ、やっぱり一回きちんと整理してからでないと……」

気持ちはわかるんだけど、一応は確認してからじゃないとね。

「くぅ、そういうことでしたら仕方がありませんな」

非常に残念そうな様子のトリスタンさんではあるけど、ここは引いてくれた。

なるべく早く整理をして買い取りに出しますから。

「ダンジョンについて続けますね。40階層ですが、ここも森でした。ここは獣系の魔物が多かったですね。それでボスはズラトロクという魔物でした」

「ズラトロク、ですか。それはもしや……」

そう言いながら魔物図鑑をペラペラと捲《めく》っていく。

「この魔物ですか？」

トリスタンさんが見せてくれた魔物図鑑のページには鹿っぽい魔物の絵が。

「そうです。角も体の毛も金色ですごく大きかったですよ」

「これはまたすごい魔物が出てきましたね。さすがに40階層のボスともなるとそういうのが出てきますか……」

トリスタンさんが言うには、ズラトロク自体非常に珍しいうえにその金色の角や毛皮は非常に珍重されるものらしく、直近の話だと100年ぐらい前にマルベール王国で当時のSランク冒険者が討伐したものは角も毛皮も王様に献上されたと聞いているということだった。

「直近で100年前、しかも王様に献上……。そういう類の物なんですね……」

「はい。お持ちなんですよね？」

「ええ。しかも2頭分を」

「に、2頭分ですか？」

1頭目を倒した後にヴィオレットベリーを採取していて、その最中に2頭目が出現してしまいというような説明をするとトリスタンさんがなんともいえない顔をした。

「あなた方は本当に規格外ですねぇ」

いやいや、規格外なのはうちの従魔トリオだけですからね。

そんなこんなで話を終えて、冒険者ギルドを後にした俺たち一行。

トリスタンさんには念押しでなるべく早くドロップ品をとお願いされたけどね。

◇◇◇◇◇

冒険者ギルドから俺たちが借りていた豪勢な一軒家に戻ってきて、夕飯は簡単に済ませて、俺たちは久しぶりの風呂を堪能した。

「はぁ、やっぱり風呂はいいなぁ～」

『だなぁ』

『気持ちーねぇ～』

『我はまったく気持ち良くないぞ』

風呂を堪能していない約1名。

不貞腐《ふてくさ》れた顔でスイの触手の先から出るシャワーを浴びるフェル。

「しょうがないだろ。ダンジョン帰りで汚れてるんだから」

『我は汚れてなどない！』

「いーや、汚れてるね。見た目はそうでもないかもしれないけど、森やらを駆け回ってたんだから確実に埃《ほこり》っぽくなってる」

『ぐぬぬ』

「ぐぬぬじゃないの。もう諦めろよな」

『アハハ、そうそう。フェルが言うほど風呂は悪いもんじゃないんだぜ』

『フェルおじちゃん、気持ちーでしょー。いっぱいお湯かけたげるー』

『くっ、ドラもスイも風呂好きだからそういうことを言うのだ』

しかめっ面のフェルをネットスーパーで購入したいつもの獣医師おすすめの低刺激の犬用シャンプーでワッシャワッシャと洗っていく。

嫌々の割にはフェルも『そこはもっと強く洗え』とか『こっちも念入りに』とかうるさい。

スイのシャワーで泡を洗い流して、ブルンブルンと豪快に体を揺すって水気を切ったフェルは一足先に風呂から上がって行った。

その後、俺とドラちゃんとスイはゆっくりと湯に浸《つ》かりダンジョンでの疲れを癒《いや》していった。

風呂から上がりリビングに行くと、風魔法で体を乾かし終わったフェルが横になっていた。

「ほら、やっぱ汚れてたじゃん。今のが全然キレイな毛並みになってる」

俺がそう言うと、フェルは悔し紛れに『フン、我の毛並みはいつでも美しい』なんて言っている。

『あるじー、甘い飲み物ちょーだぁーい』

「はいはい、いつものフルーツ牛乳ね。フェルとドラちゃんも飲むだろ？」

『もちろん』

『当然だ』

しばしの風呂後の一休みを終えると、フェルとドラちゃんとスイは一足先に2階の寝室へ。

『じゃあ俺たちは先に寝るからなぁ～』

「ああ、おやすみー」

『まったく、ひどい目にあった。さっさと寝るぞ』

「フェルー、ひどい目にあったってダンジョンの後なんだからキレイにするのは当然だろ。風呂嫌いでもこういうときはしょうがないの」

『おやすみなさい、あるじー。早く来てねー』

「はいはい、終わったらすぐ行くから」

フェルたちが寝室に向かったあとは、俺のステータスチェックと問題のテナントなんだけど……。

「しかし、フェルとドラちゃんとスイのレベル上がってたなぁ。特にスイが大分上がってた」

ダンジョンじゃスイが一番戦ってたから、当然と言えば当然かもしれないけど。

ちなみにフェルとドラちゃんとスイの今のステータスはこうだ。

【名　前】フェル

【年　齢】１０１４
【種　族】フェンリル
【レベル】９４７
【体　力】１０１５１
【魔　力】９７７８
【攻撃力】９４４２
【防御力】１０１７２
【俊敏性】９９７４
【スキル】風魔法　火魔法　水魔法　土魔法　氷魔法　雷魔法
神聖魔法　結界魔法　爪斬撃《そうざんげき》　身体強化　物理攻撃耐性
魔法攻撃耐性　魔力消費軽減　鑑定　戦闘強化
【加　護】風の女神ニンリルの加護　戦神ヴァハグンの加護

【名　前】ドラちゃん
【年　齢】１１６
【種　族】ピクシードラゴン
【レベル】２０２
【体　力】１２４３

【魔　力】３４６９
【攻撃力】３３２４
【防御力】１１７３
【俊敏性】４０４８
【スキル】火魔法　水魔法　風魔法　土魔法　氷魔法　雷魔法
回復魔法　砲撃　戦闘強化
【加　護】戦神ヴァハグンの加護

【名　前】スイ
【年　齢】６か月
【種　族】ヒュージスライム
【レベル】50
【体　力】１７５６
【魔　力】１７０９
【攻撃力】１７１４
【防御力】１７３４
【俊敏性】１７５８
【スキル】酸弾　回復薬生成　増殖　水魔法　鍛冶　超巨大化

【加　護】水の女神ルサールカの加護　鍛冶神ヘファイストスの加護

フェルはさすがに元々が高レベルなのもあって1つしか上がってないけど、この高レベルでまだ上がってるってこと自体がすごい。

それにしてもいつ見ても飛びぬけたステータスだ。

そこだけはさすが伝説の魔獣だよね。

ドラちゃんは、確か3レベル上がってることに。

ドラちゃんも元からレベルが高いからなぁ。

それでもレベルアップしてるんだから、どんだけ戦ってるんだよって感じだよ。

スイに至っては8レベルも上がっていた。

スイも思いっきり戦ってたからなぁ。（遠い目）

上がらないわけないとは思ってたけど、戦闘しすぎだよスイちゃん。

「そして、俺なんだよな。ま、まぁ、ヴァンパイアモスキートを大量に倒してからはそんなには上がってないだろうけど……」

俺は「ステータス」と唱えた。

【名　前】ムコーダ（ツヨシ・ムコウダ）

【年　齢】27

【種　族】一応人
【職　業】巻き込まれた異世界人　冒険者　料理人
【レベル】90
【体　力】508
【魔　力】499
【攻撃力】495
【防御力】480
【俊敏性】394
【スキル】鑑定　アイテムボックス　火魔法　土魔法　従魔　完全防御　獲得経験値倍化
従魔（契約魔獣）フェンリル　ヒュージスライム　ピクシードラゴン
【固有スキル】ネットスーパー（＋1）
《テナント》不三家　リカーショップタナカ
【加　護】風の女神ニンリルの加護（小）　火の女神アグニの加護（小）
土の女神キシャールの加護（小）　創造神デミウルゴスの加護（小）

「なぁっ!?」

え、え、え？

レベル85から何で上がってる？

しばし考えて思い出した。

「………あー！　アリか、アリッ！」

39階層でフォレストアーミーアントの巣を殲滅《せんめつ》したのを思い出す。

「燻煙《くんえん》タイプの殺虫剤を設置しただけなのに……。考えてみりゃあヴァンパイアモスキートだって蚊取り線香を夜通し焚《た》いてただけであんだけ上がったんだから、フォレストアーミーアントでも上がるわな」

レベルはいいとして、それよりも問題なのは……。

「やっぱりテナントだよなぁ」

◇　◇　◇　◇　◇

「やっぱ先に確認しておいた方がいいよなぁ、テナント」

某女神様に騒がれる前に確認だけはしておきたい。

意を決して固有スキルのネットスーパー（＋1）のところの（＋1）とある部分に触れた。

【固有スキル「ネットスーパー」のテナントが解放されました】

【次の中からお選びください】

【ノスバーガー／クリーニング山田／マツムラキヨミ／鮮魚さとう】

『来たわーーー！』

頭に響く甲高い女性の声。

………キシャール様、しっかりと覗《のぞ》いてらしたんですね。

というか、声がダダ漏れです。

『ウフッ、それはごめんなさい』

ウキウキした声で言うのやめてください。

マツムラキヨミ。

誰でも知ってるドラッグストアの有名店。

ドラッグストア、来てしまったよ……。

ドラッグストアを熱望していたキシャール様がウキウキになるのも無理はないか。

ハァ、俺的にはクリーニング山田か鮮魚さとうがいいんだけど。

だってさ、服洗うの結構面倒なんだぜ。

こっちに来てからは長めに服は着ているけど、さすがにずっとというわけにはいかないし自分でも嫌だ。

汚れてくるし汗臭くなってくるしさ。

カレーリナの家にいるときには女性陣に任せちゃうからいいけど、旅先ではそうもいかないから手が空いたときに自分でやらないといけないわけだ。

ネットスーパーで買ったプラスチック製の洗濯板と液体洗剤を使ってゴシゴシゴシゴシとさ。

正直面倒なことこの上ないぞ。

それがクリーニングなら全部お任せ。

きっとアイロンまでかかってキレイに仕上げてくれるんだぞ。

クリーニング店を選べば清潔ライフが送れるというのに……。

それから鮮魚さとうは言わずもがなだ。

やっぱ日本人は魚なんだよね。

新鮮な刺身食いたい。

こっちの魚はヤバい寄生虫がついてるから生でなんてもってのほかで、熱を通したものしか食えないからさ。

そりゃあネットスーパーの鮮魚コーナーにも刺身は売ってるよ。

でもさ、どうせ食うなら専門店の新鮮で豪華なやつが食いたいじゃん。

専門店だとスーパーには置いてない魚も売っていそうだしさ。

でもなぁ……。

ここで自分の思うままクリーニング山田か鮮魚さとうを選んだりなんかしたら……。

ブルリ――――。

うう、急に寒気が。

それと同時にキシャール様の声が頭に中に響いた。

『もちろん優しいアナタならドラッグストアを選んでくれるわよねぇ。アナタのこと信じてるわよ（ドラッグストアにしなさい。それ以外なんて選んだらどうなるか分かっているんでしょうね）』

口調は柔らかいけど絶対に反論は許さないといった雰囲気。

頭上からもの凄《すご》いプレッシャーを感じるのですが。

「も、もちろんドラッグストアを選ばせていただきますです。はい」

俺は、キシャール様のプレッシャーに押されるようにマツムラキヨミの文字に触れた。

【テナントはマツムラキヨミと契約しますか？】

【ＹＥＳ／ＮＯ】

もちろんＹＥＳ、この一択しかない。

【マツムラキヨミと契約いたしました】

【次にテナントが解放されるのはレベル１６０となります】

【またのご利用をお待ちしております】

『ウフフフフフ、ついに、ついに待ちに待ったドラッグストアが来たわ！　あれもこれも手に入れてみせるわぁ！　ウフフフフフフフ』

……キシャール様が壊れたよ。

『失礼ねぇ。壊れてなんてないわよ。ただちょっとだけ興奮しちゃっただけじゃない。いずれにせよこれでいろいろな美容製品が手に入るわぁ。私もいろいろと勉強したのよ。アナタの母国の日本を覗《のぞ》いてね。あ～、あれも、それからあれも欲しいわぁ。ホント、楽しみだわぁ～、ウフフフフフ。本当は今からと言いたいところだけど、今日は勘弁してあげる。でも、明日はとことん付き合ってね』

「…………ハイ」

このハイな状態のキシャール様に否と言える勇気は俺にはなかったぜ、ハハッ。

『なんじゃ、キシャールだけズルいぞ！　おい、妾《わらわ》たちもリクエストを出すのじゃっ』

この声はニンリル様だな。

ニンリル様の声にホッとすることがあるなんて思いもしなかったぜ。

『何じゃ、妾の美声に聞きほれたか？　フフン、いくらでもきかせてやるぞ』

「全然違いますから。それより、リクエストですね。お聞きしますよ」

どのみち神様たちへのお供えはしないといけないしね。

『妾はもちろん甘味なのじゃ！　どら焼きは外せないぞ。それからケーキもじゃな！　限定のものがあればそれがいいぞ』

ニンリル様はどら焼きに限定ケーキね。

リクエストを聞き軽くメモを取っていく。

『キシャールはあれだから、次は俺だな』

ハイ、キシャール様には明日ととことん付き合わされそうですからね、次はアグニ様で。

『ま、いつも通りにビールだな』

アグニ様のリクエストは、お気に入りの青い缶のプレミアムなビールと金色の缶のＹビスビールを箱で、あとは地ビールのセットだ。

お気に入りを楽しみつつ、いろんな味が試せる地ビールのセットの組み合わせがいいんだよと力説していた。

今回はつまみはなしで全部ビールでということだ。

つまみは従者に頼めばいくらでも作ってくれるけど、美味《うま》いビールは俺からじゃないと手に入らないからなって笑ってた。

アグニ様は楽しみにしてくれてるようなので、いくつか地ビールセットを見繕ってみようと思う。

もちろん予算内でね。

『次は私。私はアイスいろいろ。それからケーキ。私も限定ものがいい』

ルカ様のリクエストもいつもと同じくアイスとケーキだ。

ただアイスは前と同じく不三家とネットスーパーからいろんな種類が欲しいとのことだ。

同じバニラアイスでも不三家とネットスーパーで売っている各社のではそれぞれ微妙に味が違うらしく、そこら辺を食べ比べするのが楽しいみたい。

ケーキはニンリル様と同じく限定もので。

不三家、今は何のフェアを開催しているのかね。

限定ものがいくつかあればいいけど。

『次は我らじゃな。もちろんウイスキーじゃぞ！』

『当然のことだな』

ヘファイストス様とヴァハグン様の酒好きコンビは当然ウイスキー。

いつもの世界一のウイスキーをそれぞれ1本ずつに、あとはお任せで今までに飲んだことがないものをということだった。

何でもこの酒好きコンビは、飲み終わった瓶をコレクションしてこれの味はどうだったとか話に花を咲かせながらウイスキーを嗜《たしな》むのが毎日の楽しみになっているらしいぞ。

それぞれのリクエストを聞き終わり「それではまた明日お呼びしますから」と伝えると、約1名（1柱？）からテンションの高い声が。

『ウフフ、楽しみにしてるわ～』

………ハァ、どうなることやら。

◇　◇　◇　◇　◇

とうとう、この時が来てしまったか……。

昨日ダンジョンから戻ってきたばっかりってこともあって今日は神様たちへのお供え物を用意す

るほかは比較的ゆっくり過ごさせてもらったけど、最後の最後に難関が待ち受けている。

フェルたちに早めの夕飯を食わせたあと、食休みもそこそこにみんなに声を掛けて俺1人で空いている部屋へと移動した。

キシャール様についてはおそらくというか間違いなく時間がかかるだろうし。

昨日の様子だと落ち着いてきちんとお相手しないとさ、後が怖いからね。

というわけで、早速神様たちにお声を掛ける。

「ゴホン、みなさん、いらっしゃいますか～」

そう声を掛けた途端にいつものようにドタドタと騒々しい足音が聞こえてくる。

『待ってたのじゃーって、コラァ！』

『待ってたわっ、待ちに待ってたわよーっ』

『キシャール、お主、妾を突き飛ばしたなー！』

『そんなことしてないわよ。ニンリルちゃんが1人でコケただけでしょ。さ、そんなことより早く早く、は・や・くー！』

『ぐぬぬぬぬ、キシャールめ～』
キ、キシャール様、テンション高過ぎです。
『おいおい、キシャールは後にしろよなぁー』

『ちょっとアグニちゃん、何でよ!?』

『だってよー、お前時間かかるだろうが』

『そう。どうせなら私たちを先にしてあとでゆっくりとリクエストするといい』

『確かに。ルカちゃんの言うこともっともね。その方が時間をかけてじっくり選べそうだし』

『そういうことだからキシャールは退くのじゃ！　まったく妾を突き飛ばしてからに。こうなるなら最初から大人しくしてればいいのじゃ』

『まぁまぁ、気を静めろって。そんなことよりニンリルが1番だろ。受け取らなくていいのか？』

『おおー、そうじゃったな。どら焼きじゃ！　ケーキじゃ！　妾の甘味をよこすのじゃー！』

ええ、ええ、分かってますよ。

俺はニンリル様の分の段ボール箱をアイテムボックスから取り出して並べた。

「それでは、こちらがニンリル様の分です。お受け取りください」

『うむ！』

段ボール箱が消えると、ニンリル様の歓喜の声が聞こえてきた。

どら焼きはこしあんとつぶあん、それから栗《くり》入りに生クリームとあんこの組み合わせなんてのもあったから、それを各種数をそろえて入れたし、ケーキは限定のプレミアムチョコレートケーキにイチゴのレアチーズケーキ、あまおうをたっぷり使ったイチゴのショートケーキ等々限定ケーキをはじめカットケーキを各種とホールケーキもいくつか入れたからね。

これで不満言われちゃ敵《かな》わないよ。

『よし、次は俺だ。ビール、ビール、ビール～』

はいはい、アグニ様のビールもちゃんとそろってますよ。

プレミアムなビールとYビスビールを箱でと日本全国地ビールの飲み比べセット、そのほかギフト限定の特別な麦芽と天然水仕込みのビールなんてのもあったからこれも、あとはドイツビールとベルギービールの飲み比べセット、それから各種メーカーの黒ビールをそろえた黒ビール飲み比べセットなんてものもあったのでこれも選んでみた。

残りは6本パックを数種。

『うっひょ～、いろいろ選んでくれたみたいだな！　飲むのが楽しみだぜ！』

アグニ様の嬉《うれ》しそうな声が聞こえてくる。

満足してもらえたようで何よりだ。

『次は私』

ルカ様にもちゃんと用意させていただきました。

バニラアイスが好きだということで、不三家のカップアイスのほかネットスーパーで購入できる各種メーカーのバニラアイスとちょっとお高いプレミアムアイスのバニラをご用意。

それ以外にもストロベリー、チョコ、抹茶、ラムレーズン等々いろんなフレーバーアイスも。

そしてケーキはニンリル様と同じく限定ものを中心に選んである。

段ボール箱が消えたあと『フフッ』と小さな笑い声が聞こえたからルカ様にも満足してもらえたみたい。

『よし、儂《わし》たちの番じゃ！』

『カーッ、次はどんなウイスキーと出会えるのかね～』

もちろんいろいろと選ばせていただきました。

当然いつもの世界一のウイスキーをそれぞれ1本ずつ、それからあとはリカーショップタナカのランキングを駆使して目ぼしいものをチョイスさせていただきました。

爽やかなスモーキーフレーバーでスモーキーなウイスキーをこれから楽しんでみたいという人におすすめだというシングルモルトウイスキーだそう。

強烈なやつもイケちゃう酒好きコンビにはパンチに欠けるかもしれないけど、これは確か初見のウイスキーなので選んでみた。

それからアイリッシュウイスキーの異端児とか言われているウイスキーだ。

もうこの異端児って言葉で選んじゃったよ。

あとは〝ウイスキー通〟に熱心な支持者が多いという味わいにこだわったアイリッシュウイスキー。

ほかにもランキングからいろいろと初見のものを選んであるから、楽しんでもらえるんじゃないかと思うよ。

思った通り『ほっほー、初めて見るウイスキーばかりじゃわい！』『ホントだぜ！　早速今から飲むぜい』と野太い声が聞こえてきた。

一応これで一段落ではあるんだけど、最後に最大の難関が……。

『ウフフ、やっと私の番ねー。創造神様にはアナタに迷惑かけちゃいけないって言われてるけど……。待ちに待ったドラッグストアが入ったんだもの今日くらいは付き合ってもらってもいいわよね～』

無言のまま頭に響く声に対して何度も頷《うなず》く俺。

有無を言わさぬ雰囲気のキシャール様に俺が反論できるわけないでしょ。

『それじゃあドラッグストアを開いて見せて』

「ハイ……」

言われるまま素直にドラッグストアのメニューを開いた。

どう考えたってそれしかできないでしょうが。

俺、これからどうなるんだろ？

不安。

◇　◇　◇　◇　◇

キシャール様がとりあえずいろいろと見せて欲しいとのことで、国産化粧品メーカーの有名処《どころ》からメニューを開いて見せていった。

そして時間をかけて一通り見終わると、キシャール様はうっとりとした声で『いろいろ勉強したつもりだったけど、まだまだいろんなものがあるのねぇ。眼福だわぁ』などとつぶやいていた。

キシャール様に聞いたところによると、神様は神力というのを使って異世界を見ることができるのだという。

それで日本のドラッグストアの美容製品売り場を覗いたり、そこでの女性たちの話に聞き耳を立てていろいろと美容製品について勉強したようだ。

その女性たちの話で美容雑誌があることも知って、それを購入していった女性をピンポイントで追いかけて、女性が美容雑誌を見るときに便乗していろいろな美容雑誌をチェックしまくっていたらしい。

美容雑誌はかなり勉強になったらしく『新製品もチェックできるし、特集で保湿ならこれとかたるみに効くならこれとか紹介してくれてるからすっごく参考になったわ』と力説していた。

ただ『見ているとついつい欲しくなっちゃって欲しいもののリストが増えるばっかりなのが困るのよねぇ』なんて言っていたけど。

そして、一通り見て満足したのかキシャール様がいよいよ購入品の選定に。

『新製品の美容液なのだけど美容雑誌で紹介されていてね、すっごく評判がいいみたいなの。肌馴《な》染《じ》みの良いオイルが配合されていて肌にピンとハリが出て小じわを目立たなくさせるんですって。ステキよねぇ～』

ウキウキとした声でキシャール様が指定したのはピンク色のボトルに入った新製品だという美容液だ。

『値段が手頃なのも魅力的なのよ』

なんてことも言ってるから、美容製品の価格のリサーチもバッチリのようだ。

俺のネットスーパーの価格が日本での価格を反映させたものだというのも、キシャール様はしっかりと把握済みということなんだろう。

『でも、このクリームも捨てがたいのよねぇ』

これまた美容雑誌で紹介されていたらしいクリーム。

製薬会社が出しているスキンケアのシリーズでドラッグストアでも購入できる優れもの。

濃厚な使い心地で肌のたるみに効き目があり、肌のハリと弾力をアップさせる効果があるとか。

『両方とも購入したらいいじゃないですか』

美容液が銀貨6枚に銅貨5枚でクリームが金貨1枚。

高いけど金貨4枚の予算内で買えるものだ。

『そうなんだけど、他にも気になるものがいろいろとあるのよねぇ。それでも少なくなったのよ。ドラッグストアで手に入れられるものも限られてるし』

そう言いながら、ホントはこれもこれもすごく気になってるし使ってみたいのだと海外メーカーの名前を出してくる。

それも美容雑誌から仕入れた情報なんだろうね。

「でもそれっていわゆる〝デパコス〟ってやつですよね。さすがにそういうのはカウンターに行かないと買えないですよ」

何で俺がそんなことを知ってるかというと、美容マニアな姉貴に誕生日プレゼントだと称していろいろと買わされたからだ。

年に一度なんだからと高いクリームやらを要求されたのは今となってはいい思い出（？）だ。

『すっごく気になるんだけど、アナタの言うとおりドラッグストアじゃ取り扱ってないのよねぇ』

本当に残念そうにキシャール様がそう言う。

とは言ってもデパコスに相当するものも一部ドラッグストアで取り扱っているみたいだけども。

特にこれ。

キシャール様に気づかれないようにマツムラキヨミの画面のメニューにチラリと目を向ける。

まさかマツムラキヨミでこれを取り扱ってるとは思わなかったよ。

正直、これを見たときはビビった。

俺も姉貴に買わされたことがある、化粧水1本でウン万円するブランドだ。

ドラッグストアでは割引されて販売されているようだけど、それでも高い。

実を言うと、ここのページはキシャール様には見せていない。

だってフルラインでそろえようと思ったら金貨4枚じゃとても足りない代物だからな。

とは言っても、勘の良いキシャール様だ。

いつまで誤魔化せることやら。

うう、キシャール様に気づかれないことを祈るばかりだ。

その後はキシャール様が気になるという品を見せていくことに。

「これですか？」

『そう、それよ。説明書きを読んで』

「荒れがちな肌の表面をなめらかにするって書いてありますね」

『ふむふむ。時々荒れちゃうときがあるから、こういう美容液もそろえておきたいのよねぇ。でも予算は限られてるし、吟味しないとね。次よ次』

そんな感じでキシャール様の気になる品の説明書きを確認のために次々読まされる。

その途中に俺は気になっていたことをキシャール様に聞いてみた。

「そういやキシャール様は化粧品、ファンデーションとか口紅とかそういうのはいいんですか？」

美容雑誌を見ているならそういうのも必ず載ってるはずだ。

姉貴が月に何冊も美容雑誌を買ってたから知ってるんだ。

その姉貴、スキンケアはもちろんだけどそういう化粧品にもかなり金をかけていた。

キシャール様曰《いわ》く『興味がなくはないんだけどね、やっぱり素肌がキレイなのが一番かなと思ったの。それにそっちに手を出したらいくら予算があっても足りなくなりそうなんだもの。まぁ、口紅とマニキュアだけは欲しいからこのあとそっちを見せてもらうけどね』とのこと。

特にマニキュアには興味津々でゆくゆくはいろんなデザインのセルフネイルを楽しんでみたいと嬉々《きき》として話していた。

要は爪だろ爪。

キラキラしたのつけたりなんか花とか描いちゃって、確かにキレイだとは思うけど料理するときとかに邪魔そうだし面倒そうだし、そもそも爪にそんなデザイン施して意味があるのかと俺なんかは思っちゃうんだけどね。

そしてようやくキシャール様が気になっていたものを全部見終わった。

「それで、どれにしますか?」

『ウフフフフフ、まだもう1つ気になるものがあるの。アナタは私が気付いてないと思ってるみたいだけど、ちゃあんと気付いてるのよ』

「え、何のことですか?」

『ST－Ⅲよ、ST－Ⅲ』

ギクッ。

『というか、忘れたの? アナタが考えていることはすべて分かるんだから最初から秘密にしておくことなんて無理なのよ』

そうだった……。

神様は思考が読めるんだったわ……。

でも、その場その場で神様に思考を読まれないために全然別なことを考えるなんて器用なことなかなかできないよ。

「そ、それに手を出しちゃいますか……。ハァ、分かりました。ST－Ⅲですね。言っときますけどめちゃくちゃ高いですからね」

そう言いながら魔の領域である高級スキンケアの代名詞ST－Ⅲのページを開いていった。

『雑誌の情報で高いことは知っていたけど、実際に見ると尻込みするわね……』

キシャール様のつぶやきだ。

気持ちは十分に分かりますよ。

ST-III
?

実際買わされたこともありますから。

化粧水の一番大きなサイズ230ミリリットルだったかな、それが定価で22000円+消費税。

化粧水1本で22000円だよ。

姉貴におねだりされて買いに行ったときは、瓶に入った化粧水だから落としたら割れると思って袋を持つ手に力が入りっぱなしだったぜ。

マツムラキヨミでは少し割引されてるとは言え、見ると金貨2枚と銀貨1枚する。

けっこうな値段がするのは間違いなく、この1本で予算の半分も使うことになるわけだ。

キシャール様はどうするのかね。

ウンウン唸《うな》りながら迷っているみたいだけど。

『よし、決めたわ！　これにするわよ』

「ほ、本当にいいんですか？」

『ええ』

キシャール様の返事を受けてST－Ⅲの化粧水をカートに入れる。

「あとはどうしますか？」

『同じST－Ⅲの乳液にするわ』

「本気ですか？」

例によって姉貴に買わされたことがあるから知っているが、こちらも高い。

80グラムで定価17000円+消費税だったかな。

マツムラキヨミでは金貨1枚と銀貨6枚だ。

化粧水と乳液の2品だけで金貨3枚と銀貨7枚、金貨4枚の予算のうちの大半を占めることになるけど……。

『ええ。本気よ。どの美容雑誌でも必ずST－Ⅲは出てくるのよね。しかも、すごく評価が高いし。それだけ効果があるってことだと思うの』

確かにうちの姉貴も高いけど効果については絶賛してたからなぁ。

俺にはまったく分からないけど、女性にとってはそれだけの価値があるということなんだろう。

キシャール様の言うとおりに俺はST－Ⅲの乳液もカートに入れた。

あとの残りはマニキュアと除光液をということで、ピンク系と赤系とベージュ系のマニキュア3本と除光液をお買い上げ。

これで予算を使い切って終了となった。

精算をしてこちらに現れた段ボール箱をそのままお供えすると……。

『キャーッ！　やったわ！　ずっと、ずーっと使ってみたかったST－Ⅲが手に入ったわぁ！　ありがとう、本当にありがとう！　また次もお願いね～』

キシャール様は余程嬉しかったのかキャッキャしながら去っていったよ。

「ハァ、ようやく終わった。次はデミウルゴス様だな」

デミウルゴス様の場合は神様たちとは違って別枠というかね。

完全にこっちのお任せだし、お供えに時間もかからないからさ。

今回もこっちで適当に用意させていただきましたよ。

ダンジョンでかなりのお宝を手に入れられたのもあって、お伝えしてあったとおりかなり奮発した。

リカーショップタナカの日本酒のおすすめコーナーにあった有名酒蔵の純米大吟醸飲み比べ６本セットなるものと、日本酒コンテスト金賞受賞酒飲み比べ５本セット。

それから梅酒もおすすめコーナーにあったセットを選んでみた。

何でも梅酒好きにおすすめするセットで、完熟梅を使った梅酒と黒糖焼酎仕込みの梅酒、それから国産梅を１００％使用し完熟梅の果肉をブレンドしたにごり梅酒の３本セット。

それからウイスキーベースの梅酒を３本そろえた飲み比べセットだ。

あとは、ギガントミノタウロスのすき焼きをご用意。

すき焼きをお供に日本酒を楽しんでいただければなと思う。

準備ができたところでデミウルゴス様に呼びかける。

「デミウルゴス様、こちらをどうぞお納めください」

『ふぉっふぉっふぉっ、すまんのう。おお、こりゃあぎょうさん用意してくれたんじゃなぁ』

「お話のあった20階層でたくさんのお宝を得られましたので」

『ありがとなぁ。しかし、今日のキシャールはダメダメじゃったな。彼奴《あやつ》が迷惑をかけてすまんかったのう。お主には迷惑をかけるなときつく言うておったのじゃが……。これはもう一度お灸《きゅう》をすえる必要があるかのう』

「いやいやいや、今回はしょうがないところもあるので」

何せ今回はキシャール様が熱望していたドラッグストアがテナントに入ったのもあるからしょうがないよ。

俺だってずっと欲しかったものが手に入るとなったら大人げもなくウキウキワクワクしちゃうもん。

少なからず誰だってそうなっちゃうんじゃないかな。

でも……。

「次回も長時間付き合わされるようならちょっと困りものですけど。そんなことになったら、その時こそお灸をすえてください」

『ふぉっふぉっふぉっ、そうか。お主がそう言うのならそうしようかのう。その時はたっぷりときつ〜いお灸をすえてやることにしようかのう。ふぉっふぉっふぉっ』

「フフ、よろしくお願いします」

『ふぉふぉっ、お願いされたのじゃ。それじゃあ、またの〜』

さてと、終わったな。

キシャール様も分かってはいるみたいだし、もしものときにもデミウルゴス様にお願いしたから今後のお供えは大丈夫だろう。

「大分時間経《た》っちゃったし、もうみんな寝てるだろうなぁ。俺ももう寝ようっと」

◇　◇　◇　◇　◇

懸案だった神様へのお供え（テナント問題とも言うかな）も済んで、今日はダンジョンのドロップ品の整理に充てようと思う。

トリスタンさんもきっとやきもきしているだろうし。

正直なところドロップ品が多過ぎて面倒だけど、それも他の冒険者からしたら贅沢《ぜいたく》な悩みだもんな。

「さてと、やるか」

膝をパンと叩《たた》いて気合を入れた。

『あるじー、何やるのー？』

「ダンジョンのドロップ品の整理だよ。何があっていくつあってって確認していくんだよ」

『面白そー。スイもお手伝いするー！』

「スイ、ありがとな～。そう言ってくれるのはスイちゃんだけだよ。それに比べて……」

朝飯を食ったあとは我関せずでさっさとゴロンと寝てしまった連中。

「熟睡かよ」

スピスピ気持ちよさそうに寝ているフェルとドラちゃん。

「まぁ、どっちにしろ整理するのには役に立ってくれそうにはないからいいけどさ」

『あるじー、早くやろうよー』

「そうだな。それじゃスイはいくつあるか数えてくれるかな」

『分かったー』

このアイテムボックスは便利だけど、入れた順に入っているものがリストになって表示されるだけで数まではわからないからなぁ。

ある程度は自分で把握しておく必要がある。

「えーとまずは最初に探索を開始した20階層の分からだな」

ガーゴイルのドロップ品の種類もまちまちの極小粒の宝石がたくさん。

アクアマリンにガーネットにアメシスト、ターコイズ、ムーンストーン等々。

とりあえず宝石の種類ごとに出していく。

『この青いのがねぇ、いちー、にー、さーん、よーん、ごー、ろーく、なーな、はーち、きゅう、じゅー、えっとえっと次がー。……あるじー、じゅーの次ってなぁに？』

スイの無邪気な問いにガクリとした。

戦闘力だけはフェルやドラちゃんにも引けを取らないスイだけど、そういやまだまだお子ちゃまだったよね。

お風呂に入ってても10以上になると数えられなくなることが多いし。

数えてもらうのは無理として、そうなるとスイの仕事がなくなっちゃうな。

それ言うと泣いちゃいそうだし……。

あっ、そうだ。

俺はアイテムボックスからあるものを取り出した。

「数は俺が数えるから、スイは俺が数え終わったのをこの麻袋に入れてもらえるかな」

『うん、いいよー』

「おっと麻袋に入れるなら……」

ネットスーパーで油性のマジックペンを購入した。

「宝石の名前と個数を書いた麻袋に入れておけば分かりやすいよな」

まずはアクアマリンが1、2、3、4、5…………。

………………

…………

……

「ふぅ、終わった終わった」

『フン、我らまで手伝わせおってからに』

『そうだそうだ。昼飯の後も寝て過ごす予定だったのによー』

「ハイハイ、ブツクサ言わないの。ってかまた寝ようと思ってたって寝過ぎだからねお前ら」

昼飯だと起きてきたフェルとドラちゃんに急《せ》かされて、簡単に市販の生姜《しょうが》焼きのタレを使ってオーク肉の生姜焼き丼で昼飯を終えたら、なかなか終わらないドロップ品の整理にフェルとドラちゃんも駆り出したのだ。

『あのね、あのね、スイはお手伝い楽しかったのー！』

「誰かさんたちと違ってスイはいい子だね～」

『エヘへ～、いい子って言われちゃったー』

スイが嬉しそうにポンポン飛び跳ねていた。

フェル、ドラちゃん、スイに手伝ってもらいながら整理したドロップ品がこんな感じだ。

ちなみに肉とヴィオレットベリー、それから俺が身に着けている宝箱から出た解呪のペンダントは除いてある。

アクアマリン（極小粒）×22　ガーネット（極小粒）×11　アメシスト（極小粒）×13　ターコイズ（極小粒）×16　ムーンストーン（極小粒）×21　シトリン（極小粒）×15　ラピスラズリ（極小粒）×14　ローズクォーツ（極小粒）×10　キャッツアイ（極小粒）×9　アクアマリン（小粒）×2　アメシスト（小粒）×1　シトリン（小粒）×3　ルビー（小粒）×1　サファイア（小粒）×1　エメラルド（小粒）×1　オニキス（小粒）×72　ヒスイ（小粒）×81　オニキス（中粒）×9　ヒスイ（中粒）×13　ゲイザーの魔石（極小）×29　トパーズ（中粒）×16　エメラルド（中粒）×10　アベンチュリン（中粒）×18　ペリドット（中粒）×15　サンストーン（中粒）×21　サファイア（中粒）×9　アゲート（中粒）×23　アメシスト（中粒）×18　ルビー（中粒）×8　ダイヤモンド（大粒）×4　ルビー（大粒）×2　オパール（大粒）×2　マラカイト（大粒）×3　モルガナイト（大粒）×2　エメラルド（大粒）×2　ストーンゴーレムの魔石（極小）×22　アイアンゴーレムの欠片《かけら》×44　アイアンゴーレムの魔石（小）×44　オーガの皮

×122　オーガの角×93　オーガの魔石（極小）×31　レッドオーガの皮×14　レッドオーガの角×6　レッドオーガの魔石（中）×20　ブルーオーガの皮×11　ブルーオーガの角×3　ブルーオーガの魔石（大）×14　グリーンオーガの皮×18　グリーンオーガの角×6　グリーンオーガの魔石（小）×24　ブラックドッグの皮×58　ブラックドッグの魔石（小）×24　ギガントミノタウロスの皮×196　ギガントミノタウロスの角×180　ギガントミノタウロスの魔石（大）×470　ヴァンパイアモスキートの口器×265　ヴァンパイアモスキートの羽×284　ヴァンパイアモスキートの麻痺《まひ》毒×169　グリーンロングホーンビートルの甲殻×4　レッドロングホーンビートルの甲殻×3　ジャイアントブラックロングホーンビートルの甲殻×1　ジャイアントブラックロングホーンビートルの魔石（小）×1　ポイズンイヤーウィグの麻痺毒×3　ジャイアントホースフライの羽×4　ポイズンスネイルの腐食毒×6　フォレストアーミーアントの顎×528　クイーンフォレストアーミーアントの顎×1　クイーンフォレストアーミーアントの魔石（極小）×1　ジャイアントキラーマンティスの鎌×14　ジャイアントキラーマンティスの魔石（小）×3　パラライズバタフライの麻痺毒の鱗粉《りんぷん》×6　ヴェノムタランチュラの糸×27　ヴェノムタランチュラの毒袋×16　ジャイアントセンチピードの外殻×8　ジャイアントセンチピードの魔石（小）×3　ギガントヘラクレイオスビートルの甲殻×1　ギガントヘラクレイオスビートルの魔石（大）×1　カイザースタッグビートルの甲殻×1　カイザースタッグビートルの魔石（大）×1　4アームズベアーの毛皮×1　4アームズベアーの肝×1　4アームズベアーの爪×1　4アームズベアーの魔石（特大）×2　レッドボアの皮×18　レッドボアの牙×6　コカトリスの羽

×23　ロックバードの嘴《くちばし》×16　ロックバードの羽×24　ジャイアントドードーの嘴×8　ジャイアントドードーの羽×13　ジャイアントドードーの魔石（極小）×2　ジャイアントディアーの皮×9　ジャイアントディアーの角×8　ジャイアントディアーの魔石（極小）×1　ジャイアントホーンラビットの毛皮×3　ジャイアントホーンラビットの角×4　ジャイアントホーンラビットの魔石（極小）×1　ワイルドエイプの毛皮×28　グレートウルフの毛皮×8　グレートウルフの魔石（小）×8　レッドタイガーの毛皮×4　レッドタイガーの魔石（小）×4　フォレストパンサーの毛皮×3　フォレストパンサーの魔石（中）×3　マーダーグリズリーの毛皮×6　マーダーグリズリーの肝×2　マーダーグリズリーの爪×4　マーダーグリズリーの魔石（大）×6　タイラントゴリラの毛皮×1　タイラントゴリラの心臓×1　タイラントゴリラの魔石（大）×1　ズラトロクの角×4　ズラトロクの蹄《ひづめ》×4　ズラトロクの毛皮×2　ズラトロクの魔石（特大）×2

宝箱の宝石類
金の延べ棒×16（20階宝箱）
ダイヤモンドのペンダントヘッド×1
ダイヤモンドのイヤリング×1
ルビーの指輪×1
宝石がちりばめられたブレスレット×1（前記4つ含め34階宝箱）

いやぁ、多いね。

まだ途中だってのに整理したらこんなにあった。

ある程度選んで拾ってきたつもりなんだけどなぁ。

放棄して拾ってこなかったドロップ品もけっこうな数あったしさ。

ただ隅々まで探索していない階が多かったからか宝箱は少なめ。

その代わり、このダンジョンの特産とも言えるドロップ品の宝石が目がチカチカするほど多かった。

ガーゴイルにゲイザーが小さめのものだけどポロポロ落としていったからなぁ。

ストーンゴーレムになるとそれなりに見栄えのする中粒を落としていったし。

しかも、ガーゴイルもゲイザーもストーンゴーレムも、たまに当たりっぽいのでちょっと大きめのものが出たりしたしさ。

種類も数もけっこうあるから、トリスタンさんにも喜んでもらえると思う。

俺的には宝石には興味ないから全部買い取ってもらえるとありがたいんだけどね。

まぁ、それはさておき……。

「一段落したし、夕飯にするか」

『うむ。仕事を手伝わされたのだから、豪華に頼むぞ』

『おっ、それいいな』

『豪華なご飯～！　スイ、いーっぱい食べるー！』

「ハハハ、豪華か。ちょっと思いついたのもあるし、よし、ドロップ品を使っていっちょ作ってみるか」

◇　◇　◇　◇　◇

キッチンへと移動して夕飯作り開始だ。

実家で大量にもらったからって、お裾分けだと送りつけられてきたときにどうやって食おうかと思ってネットでレシピを見て物は試しだと1回作ってみたことがあるから大丈夫だろうけど……。

その時のことを思い出しながらネットスーパーで材料をそろえていく。

今日作ろうと思っているのは3種肉のブルーベリーソース掛けだ。

使うのはダンジョン産のヴィオレットベリーだから正確に言うとヴィオレットベリーソース掛けかな。

ベリーソースって割と何の肉でも合うし、ちょっと洒落《しゃれ》た料理なうえに3種類の肉を使えば見た目も豪華になるから今日のリクエストにピッタリだと思うんだ。

「ヴィオレットベリーを使うなら、デザートも作ってヴィオレットベリー尽くしにしても面白いかも。魔道冷蔵庫もあるから簡単なものなら俺でも作れるし」

ということで、デザートも作ることにした。

作るのはヨーグルトゼリーヴィオレットベリーソース掛けだ。

冷やし固める時間が必要なヨーグルトゼリーから作っていきたいところではあるけど、そうなるとまずは魔道冷蔵庫を起動してみないとな。

壊れて動きませんでしたなんてことになったら作れなくて材料が無駄になるだけだし。

とにかく魔道冷蔵庫が起動するかのチェックだと、俺はアイテムボックスから魔道冷蔵庫を取り出した。

「確かフェルから聞いた話では……」

魔道冷蔵庫の上の部分前面に描かれている魔法陣の中央部分の窪《くぼ》みに魔石をセットすれば起動するはずだ。

窪みの大きさに合いそうな手持ちの魔石（小）をセットしてみる。

一瞬、魔法陣がほんのり輝くと同時にブゥゥゥンという鈍い音がして魔道冷蔵庫が起動した。

魔道冷蔵庫の扉を開けて温度を確かめると……。

「おお、冷えてる」

中はしっかりと冷えて、元の世界で使っていた冷蔵庫と遜色ないくらいに冷えていた。

「よし、魔道冷蔵庫が問題ないならヨーグルトゼリーからだ」

粉ゼラチンを水でふやかしておいたら、鍋に牛乳と砂糖を入れて温めて、そのふやかしたゼラチンを入れて溶かしていく。

粗熱をとった鍋に、かき混ぜてなめらかにしたプレーンヨーグルトを入れてしっかりと混ぜていく。

あとは容器に入れて冷やし固めるだけだ。

ちなみにだけど、フェルとドラちゃんとスイ用にはネットスーパーで買った特大ガラスのボウルを使ったよ。

大食いのみんなにはこれくらいないとね。

お次はヨーグルトゼリーのヴィオレットベリーソースだ。

これもしっかりと冷ましておく必要があるから作っておいた方がいいだろう。

まずはヴィオレットベリーを半分に切っていく。

こうしておくと水分が出やすいしヴィオレットベリーが大きめだからこれくらいの大きさがちょうどいいってのもあるからね。

あとは鍋に切ったヴィオレットベリーとグラニュー糖とレモン汁を入れて弱火で加熱。

水分が出てグラニュー糖が溶けて少しとろみが出るまで煮詰めたら出来上がり。

あとは冷ましておけばＯＫだ。

デザートの準備ができたら、次は肉だ。

ダンジョン産のギガントミノタウロス、ロックバード、レッドボアの3種類を使う。

ギガントミノタウロスの肉はオーブンでローストビーフにして、ロックバードとレッドボアの肉はフライパンでソテーに。

ヴィオレットベリーソースをかけるから、どれも味付けは塩胡椒《こしょう》のみだ。

肉を焼きながらヴィオレットベリーソースも作っていく。

しかし……。

「自分で言うのもなんだけど、料理の手際がだいぶ良くなってきてるよな……。いつの間にか職業欄に料理人ってのがついてたけど、レベルアップするごとにその補正も上がってくってことなのかね。俺、料理人のつもりはさらさらないんだけどさ」

言っとくと、職業は冒険者がメインでもないんだぞ。

自分では商人がメインだと思ってるんだ。

全然商人らしいことが出来てないところがあれだけど、一応はね。

そんなことを考えながらも手は動かしてヴィオレットベリーソースを作っていく。

鍋に半分に切ったヴィオレットベリーと赤ワイン、醬油《しょうゆ》、バルサミコ酢、ハチミツ、塩、胡椒を入れて少しトロミがつくまで煮詰めればソースの出来上がりだ。

焼きあがったローストビーフもといローストギガントミノタウロスの切れ端にヴィオレットベリーソースをちょこっと付けて味見を。

「うんうん、いいんじゃないの」

いつもとは違った味わいのソースが新鮮だし、何と言っても美味い。

甘酸っぱいフルーティーなソースって意外と肉に合うんだよね。

俺がそんなことを思いながらモグモグやっていると、キッチンの出入り口からジトーッとした視線が。

もちろんこちらを覗《のぞ》いているのはフェル、ドラちゃん、スイの食いしん坊トリオだ。

『おい、お主だけ食うとはズルいぞ』

『そうだそうだ。俺らにも早く食わせろー。腹減ったー』

『あるじー、お腹《なか》すいたー』

「今のは味見してただけだって。もう出来上がるから、すぐに持っていくって。ちょっと待ってなさいよ」

そう言うと『すぐだからな』と渋々リビングに戻る面々。

まったくもう……。

俺は待っている食いしん坊トリオのために盛り付けを開始した。

どうせなら盛り付けもキレイにと思って購入した特大の白い平皿に、まずは薄切りにしたローストギガントミノタウロスを花びらのように盛り付けて、中央にミントの葉を飾る。

そして、ヴィオレットベリーソースを回し掛けたら一皿目の完成だ。

二皿目は同じく特大の白い平皿に、ロックバードのソテーを少し重なるよう見目良く並べて皿の右上辺りにミントの葉を飾ったら、ヴィオレットベリーソースを掛けて完成。

三皿目も特大の白い平皿にレッドボアのソテーを扇状に並べて付け根部分にミントの葉を飾り、ヴィオレットベリーソースを掛けたら完成だ。

3種肉のヴィオレットベリーソース掛け。

豪華だし、ヴィオレットベリーソースの紫色が実に美しい。

って、出来栄えに感心してる場合じゃないな。

腹を空《す》かせて待っている食いしん坊トリオの下へ届けないと。

◇　◇　◇　◇　◇

『美味いではないか！　この甘酸っぱいソースが不思議と肉と合うぞ』

『それな！』

『美味しー！』

…………。

ガツガツ食っているみんなを見てガックリ。

美味そうに食ってくれているのは嬉しいけど、みんなの前にそれぞれ3皿ずつ出したら、いきなりガツガツ食いだすんだもん。

盛り付けの美しさとかをちょっとは楽しんでほしいよ。

食い気が先の食いしん坊トリオにそれを求めるのは間違いなのかもしれないけどさ。

「フェルが食ってるのがギガントミノタウロスでドラちゃんが食ってるのがレッドボア、スイが食ってるのがロックバードだ。3種肉のヴィオレットベリーソース掛け、ちょっと豪華だろ」

『うむ。3種類の肉を味わえるとはいいな』

『このソース、レッドボアの肉に抜群に合うな！』

ドラちゃんがそう言うのを聞いて、『そうなのか？』と早速レッドボアの皿に口をつけるフェル。

『むむっ、これはドラの言うとおりだ。なかなかに美味い！』

フェルも唸る味に釣られてスイもレッドボアの肉へ。

『ホントだぁ。これ、美味しいねー』

みんなが美味いと口をそろえるのだから俺だって食わないわけにはいかないよな。

俺の分として1皿にまとめた3種肉のヴィオレットベリーソース掛けのうち、レッドボアの肉をパクリと口に放り込んだ。

モグモグ――。

「おお、こりゃイケるな」

ほんの少しだけ野性味のあるジビエの風味が残っているレッドボアの肉に爽やかな甘酸っぱいヴィオレットベリーソースが絶妙にマッチしている。

今度はレッドボアの肉の隣のロックバードの肉をパクリ。

「うーん、ロックバードの肉もいいなぁ。淡白な鳥系の肉にもこの甘酸っぱいソースがバッチリ合うわ」

『ゴクン……。うむ、確かに』

フェルがロックバードの肉をゴクリと飲み込みながら俺の言葉に同意している。

『このギガントミノタウロスの肉もこのソースならサッパリ食えるのがいいな』

ドラちゃんの言うとおり、確かに。

サシの多いギガントミノタウロスの肉もこの甘酸っぱいソースならば重くなり過ぎないのが良い。

『あー、足らん、足らんぞ！　おかわりだ、おかわりをくれ！』

3種肉をペロリと平らげたフェルが声をあげた。

『俺も！　レッドボアとギガントミノタウロスの肉のおかわりを頼むぜ』

『スイは全部おかわりー！』

ドラちゃんとスイもフェルに続いておかわりと言い出した。

「はいよ。今持ってくるからちょっと待ってて。あ、最後にはデザートもあるから、その分くらいは余裕持たせとけよー」

『わーい、デザートー！』

デザートと聞いてスイが人一倍喜んでいた。

その後も何度もおかわりして、これでもかというくらいに3種肉を堪能したフェルとドラちゃんとスイ。

ようやく腹いっぱいになって最後の〆のデザートへ。

ガラス製の特大ボウルに入ったプルプルのヨーグルトゼリーをみんなの前へ置いた。

もちろんゼリーの上には鮮やかな紫色のヴィオレットベリーソースが掛かっている。

「どうぞ。今日はヴィオレットベリー尽くしで、デザートのヨーグルトゼリーヴィオレットベリーソース掛けだ。魔道冷蔵庫を使って冷やしてあるから冷たいぞ」

『おお、あれを使ったのか？』

「ああ、ちょうどいいと思ってな。使わせてもらった。イイ感じに冷えるし、いろんな料理、特にこういうデザートには使えるかもな」

『ほぅ、楽しみにしているぞ』

『これプルプルで美味しいね～』

『肉を食った後の口の中がさっぱりしていいな』

爽やかな酸味のあるヨーグルトゼリーも好評で、みんなの特大ボウルもすぐに空になった。

『あるじー、プルプルするのおかわりー』

特にスイがゼリーを気に入ったみたいでおかわりと強請《ねだ》ってきた。

「え、おかわり？」

『うん、このプルプルおかわり欲しいの～』

「あの、えっと、ごめんな。ヨーグルトゼリーのおかわりはないんだ」

特大ボウルだから十分だと思ってヨーグルトゼリーのおかわりなんて用意してなかったよ……(汗)

『えぇ～』

悲しそうにショボンとするスイ。

「つ、次は絶対おかわり用意しておくから、今日は許して」

『絶対だよー、あるじー』

あれだけさんざん肉を食った後に、特大ボウルのヨーグルトゼリーもペロリ。

さらにまた特大ボウルのヨーグルトゼリーのおかわりを要求してくるなんて……、今更だけどスイちゃん、なんて恐ろしい子なの。

「いやぁ、どれもこれも素晴らしい品ばかりでした。こんなに興奮したのは久しぶりです」

フェルとドラちゃんとスイは家で留守番、俺1人で冒険者ギルドに来ていた。

行き先が冒険者ギルドでそれもドロップ品の買取だと分かった途端に興味をなくして、みんなは家で昼寝してる方がいいって言うんだもんな。

冒険者ギルドに着いてすぐにトリスタンさんがいるギルドマスターの部屋へと案内され、そこで俺たちが取得したダンジョンのドロップ品の数々を披露。

それを見たギルドマスターであるトリスタンさんは興奮冷めやらぬといった状態だ。

しかしながら目利きは相当なもののようで、既に買取するドロップ品も選別は終わっている。

いちいち興奮しながらも、ちゃんと選別はしてるんだもんなさすがギルドマスターにまで昇り詰めた人だなとちょっと感心した。

それでだけど、ここブリクストのダンジョンの特産でもある宝石類はすべて買い取ってもらえることになっている。

品質のいいダンジョン産の宝石は引っ張りだこでいつでも品薄らしく、大量に仕入れることができて大助かりだってトリスタンさんからは感謝の言葉までいただいちゃったよ。

そんな感じだったから、ここの冒険者ギルドならいけるかなと思ってトリスタンさんに「こんなのも持ってるんですけど……」とドランとエイヴリングのダンジョンの売れ残りの宝石類や盗賊王の宝も出してみたところ喜色満面の笑みを見せてくれた。

宝飾品の多かった盗賊王の宝に関してはさすがに全部とはいかなかったけど、ドランとエイヴリングのダンジョンの分についてはすべて買い取ってもらえた。

盗賊王の宝に関しては本当に残念そうだった。

買取にならなかった分を俺がアイテムボックスに仕舞うときは「クゥ～」とか悔しそうな声だしてたよ。

まぁ、それでも売れ筋の宝石や宝飾品が大量に手に入ったとトリスタンさんはホクホク顔だったけどね。

他にもゲイザーの魔石（極小）やストーンゴーレムの魔石（極小）、アイアンゴーレムの魔石（小）、オーガの魔石（極小）を全部と4アームズベアーの毛皮と肝、グレートウルフの毛皮、レッドタイガーの毛皮、フォレストパンサーの毛皮、マーダーグリズリーの毛皮、タイラントゴリラの毛皮も全てお買い上げ。

4アームズベアーの肝に関しては言わずもがなだ。

39階層に4アームズベアーがいたって言ったら、肝は強力な精力剤の材料になるんだって息巻いてたもんね。

毛皮もお貴族様の防寒着や敷物として人気の品らしく、高ランクの毛皮が良い状態で手に入ったとこれまた満面の笑みを見せていた。

出来るならばズラトロクの毛皮も欲しかったようだけど、トリスタンさんは泣く泣く諦めたと言っていた。

これを買取するとなると、予算的に買取予定の宝石類を大分削らないといけなくなるとか。

そりゃあ王様に献上されるような貴重なものらしいもんね、金色のズラトロクの毛皮。

ズラトロクの毛皮をしまうときにはトリスタンさんが名残惜しそうに「ああ～」とか声を出してたけど、もちろんちゃんと回収させていただきましたよ。

それでもギルドマスターの部屋のテーブルの上を埋め尽くす宝石類や魔石、所狭しと並べられた毛皮を見てご満悦だったけどね。

まぁそんなこんなで買取の選定も終わって、冒険者ギルドの職員さんが出してくれたお茶をトリスタンさんと飲みながらホッと一息ついているところだ。

「大至急査定しまして、明日にはこれらの買取代金をお支払いするようにいたしますので」

ニコニコと笑顔のままそう言うトリスタンさん。

俺としては早く買取代金が受け取れるならそれに越したことはないので、明日またこちらに伺うことに。

「それで、またダンジョンに潜ることになるのですよね？」

「ええ、まぁ。うちの従魔たちが張り切ってますから、ハハハ」

俺としてはもう十分だと思うんだけど、フェルたちは踏破するまで絶対に納得しそうにないもんね。

デミウルゴス様が言っていたこともあるから（最終階層のことね）、本当はこのまま終わりたいってのが本音だけどさ。

「40階層まででこの素晴らしいドロップ品の数々。それ以降となれば……、期待に胸が高鳴りますなぁ。グッフッフッフ」

グッフッフって、ちょっと下品な笑い声ですよ、トリスタンさん……。

俺から買い取ったドロップ品の品々だけど、冒険者ギルドから他へ卸すときにはもっと高値になっているんだろうから、莫大《ばくだい》な利益を見込んで笑いが止まらないのもわかるけどさぁ。

なんかハイになっているトリスタンさんに引き気味になった俺は、ここからさっさと退散することにした。

トリスタンさんに「また明日に」なんて満面の笑みで見送られながら俺は冒険者ギルドを後にした。

フェルたちがいなかったので、この街の商店街を散策しながら帰ることに。

特に目新しいものはなかったけど、何かと便利な麻袋だけは大中小と少し多めに買い足してからフェルたちの待つ家へと帰路についた。

◇　◇　◇　◇　◇

翌日の午前中はゆっくり過ごし、みんなに昼飯を食わせた後に再び俺は冒険者ギルドへと向かった。

昨日と同じ理由でまた1人でだ。

冒険者ギルドに入るとすぐにトリスタンさんが駆け寄ってきた。

「もうそろそろいらっしゃるのではとお待ちしておりました。ささ、2階の私の部屋へ参りましょう」

トリスタンさんの後についてギルドマスターの部屋へと向かう。

部屋に入ってテーブルを挟んで向かい側に座ると、すぐにお茶が運ばれてきた。

それを一口飲んだ後、ここに来た本題に早速入った。

「ええと、査定の方は無事終わりましたか？」

「ええ。最優先で進めさせていただきましたので。ちょっとお待ちください」

席を立ったトリスタンさんが部屋の奥にある金庫へと向かった。

「では、こちらが買取代金になります。〆て金貨4万枚です」

「…………は？……うわっととっ」

驚き過ぎてお茶を飲もうと手にしていたティーカップを落としそうになった。

一度深呼吸をしてから慎重にティーカップを置いて、トリスタンさんに聞きなおす。

「き、き、金貨、よ、4万枚って言いました？」

「はいっ！　ありがたいことに宝石類をたくさん買取させていただくことが出来ましたからねぇ。それに需要の多い魔石や素晴らしい毛皮も！　私が冒険者ギルドのギルドマスターになって以来の大商いですよ！」

そう言いながらハイテンションでニッコニコのトリスタンさん。

「内訳をご説明しますとですね、アクアマリン（極小粒）が1つ金貨16枚で×22で金貨352枚、ガーネット（極小粒）が1つ金貨15枚で×11で金貨165枚、アメシスト（極小粒）が1つ金貨15枚で×13で金貨195枚、ターコイズ（極小粒）が1つ金貨14枚で×16で金貨224枚………」

トリスタンさんが詳しく内訳を教えてくれたものの、金貨4万枚のインパクトがデカ過ぎてさっぱり耳に入らなかったぜ。

ただ端数切り上げで金貨4万枚にしてくれたというのはかろうじて覚えている。

「というわけで買取代金をご査収ください。さすがに金貨4万枚となると相当な量になりますので白金貨でご用意させていただきました」

そう言いながらドンと俺の目の前に麻袋を2つ置いた。

「白金貨できっちり400枚入っておりますが、一応確認のためにも数えてください」

中を覗《のぞ》くとパンパンに詰まった見覚えのある白金の金貨が。

「は、はい……」

ゴクリと唾を飲み込んだあと、白金貨を手ですくって10枚ずつ1セットで数えていく。

「3、3、4で10枚。3、3、4で20枚。3、3、4で30枚。3、3、4で………」

俺の手でテーブルいっぱいに並べられた白金貨。

「3、3、4で400枚。はい、確かに白金貨400枚あります」

震える手で白金貨を麻袋に戻して、それをアイテムボックスに仕舞う。

「ムコーダさん、次も大いに期待していますぞ」

満面の笑みのままそんな風に言ってるけど、大丈夫なのかな？

俺が心配することじゃないけど、俺に対して買取代金金貨4万枚も支払ったってのに、またドロップ品の買取する余裕あるのって感じだよ。

遠回しに「また買取していただけるんですか？」って聞いたら、トリスタンさんは「もちろんです！」と即答だ。

勘のいいトリスタンさんは俺の言ってる意味が分かったらしく「うちの資金の心配ですか？」と笑みを浮かべながら聞いてくる。

「実を言いますと、耳の早い方々から既に問い合わせが来ているくらいなのですよ」

え、マジで？

「フェンリル連れのSランク冒険者であるムコーダさんのことは、知っている方なら知っていますからなぁ」

トリスタンさんが言うには、俺がダンジョンに潜って戻ってきたってことはそれ相当のお宝を持って来てるはずだってことは見る人が見れば想像に難くない。

しかも、ダンジョンから戻ってきた後に俺が冒険者ギルドに出入りしているとなれば、ドロップ品の買取関係だろうと察しがつくという訳だ。

「まだ何の情報も出していないのにこの状態ですからな、今回のドロップ品を売りに出したら即完売になるのは間違いありませんよ。ムフフフフフ、笑いが止まりませんなぁ」

ちょっとトリスタンさん、どこの悪代官だよ。

まぁ、そういうことだから資金の心配は無用ということらしい。

俺としては買い取ってくれるというならそれに越したことはないからいいけどさ。

その後、俺は超ご機嫌なトリスタンさんに見送られながら冒険者ギルドを後にした。

「しかし、白金貨400枚も何に使えばいいんだよ……」

ある程度金があった方がいいとは思うものの、ネットスーパーで買い物できて食うに困らない程度でいいっていうのにね。

「またフェルたちと相談しながら寄付しよう」

とは言っても、最近貯《た》まりに貯まってきた金は多少の寄付だけでは減ってくれないんだよね……。

金が多過ぎて悩むという贅沢《ぜいたく》な悩みを抱えた俺だった。

◇　◇　◇　◇　◇

「ただいま～」

『おお、やっと戻ってきたか。腹が減ったぞ』

『俺も俺も』

『スイもお腹《なか》減ったのー』

帰ってきて早々に腹が減ったの大合唱にガックリする俺。

「なんだよ、帰ってきたばっかでそれかよー」

『む、腹が減ったのだからしょうがないだろ。飯は最重要事項だぞ』

フェル、そんな真剣な顔で力説しなくてもいいんじゃないかな。

『そうだぞ。美味《うま》い飯が俺らの力の源なんだからよ』

『あるじのおいしいご飯食べてるから、スイは元気なんだよー』

力説するフェルに同意するようにドラちゃんとスイもそんなことを言ってくる。

でもまぁ、そんなこと言われたらねぇ。

悪い気はしないし、すぐ作らなくちゃって気持ちにもなってくる。

「あーあー、はいはい、今からすぐ作りますよ」

俺がそう言うと、ドラちゃんから『今日もギガントミノタウロスの肉がいいな。やっぱ美味いしよ』などとリクエストが。

フェルもドラちゃんの言葉に『うむ』と大きく頷《うなず》いている。

スイも『あのお肉がいいー』とのこと。

ギガントミノタウロスの肉は大人気だね。

あの肉は美味いから分かるけど。

「それじゃあギガントミノタウロスの肉で夕飯作ってくるよ」

俺はリビングにみんなを残してキッチンへ移動した。

台所

そして、広々とした調理台を前に独り言ちる。

「ホントは相談したいことがあったんだけどな……。ま、夕飯の後でもいいか。さてと、夕飯作っちゃいますか」

とは言っても、何を作るかも決めてないんだよな。

うーむ、ま、ネットスーパーを見てから決めますか。

そう思いながらネットスーパーを開いた。

「お、きのこが特売になってるな」

きのことギガントミノタウロスの肉を合わせるとなると……、あ、あれがいいかも。

「確かあれも売ってたよな……」

鍋やフライパン等があるページに移動した。

「あった。鍋にセットできる蒸し器」

普通の鍋にセットできるプレート式の蒸し器だ。

それを手持ちの大鍋に合わせた大きさのものを同じ個数カートに入れていく。

「よしと。これで牛肉のホイル蒸しができるな。いや、ギガントミノタウロス肉のホイル蒸しか」

特売のきのこを見て思い出した、牛肉のホイル蒸し。

肉となると焼くことがどうしても多くなるし、味付けも濃いめになりがちだからね。

たまにはさっぱりと蒸し料理ってのも悪くないだろう。

「あとは特売のきのこ類とタマネギとピーマンとパプリカを買ってと……」

材料を次々とカートへ入れて精算。

「よし、材料はそろったな。調理開始だ」

まずはきのこからだな。

用意したのはマイタケとシメジとエノキ。

きのこの石づきを切って食べやすい大きさにほぐしていく。

それからタマネギを薄切りにして、ピーマンとパプリカは細切りに、ギガントミノタウロスの肉は薄切りにしていく。

あとは大きめに切ったアルミホイルの真ん中にタマネギとピーマンとパプリカを載せたら次に各種きのこを載せてその上にギガントミノタウロスの肉を載せる。

それをもう一度同じように重ねたら、だし醬油《しょうゆ》と酒とみりんを混ぜた調味液を振りかけてアルミホイルの真ん中を合わせて閉じて左右両端も折って閉じていく。

あとは用意した蒸し器で蒸していけば出来上がりだ。

キッチンにあった魔道コンロのほか俺の魔道コンロも使って蒸してどんどん作っていくぞ。

◇　◇　◇　◇　◇

『おい……』

ギガントミノタウロス肉のホイル蒸しを前にして文句を言いたそうな顔のフェル。

「あー、肉以外が多いって言いたいんだろ？　ま、文句言うなら食ってからにしろって」

『むぅ』

『ゴクン。フェル、これなかなかいけるぜ！』

先に口をつけていたドラちゃんがそう言う。

『んとね、ジュワって染み出たお汁も美味《おい》しいんだよ～』

うんうん、スイの言うとおり。

野菜から染み出た汁が旨《うま》みがあるんだよ。

これを絡めながら肉と野菜を頬張るのがめちゃくちゃ美味いんだぞ。

『そこまで言うなら食わぬことはないが……』

そう言いながら渋々という感じでホイル蒸しに口をつけるフェル。

最初は様子を見ながら少量を食っていたのが徐々にバクバクと多めに頬張るようになり、最後にはガツガツとガッツくように食っていたのにはちょっと笑っちゃったよ。

4つ出していたホイル蒸しもキレイに平らげて、汁までキレイになってたしさ。

結局みんなペロリとギガントミノタウロス肉のホイル蒸しを平らげて、すぐにおかわりとなり出してやる。

「そうだ、このすだちっていうのを絞ってかけると柑橘系《かんきつけい》の風味が加わってさっぱりした味わいになるぞ」

俺の分は、半分はそのままで残り半分にはすだちを掛けて食おうと思ってたからフェルたちにも教えてやる。

『ふむ、それを掛けるとサッパリした風味になるのか。よし、掛けろ』

『俺の分にも！』

『スイのにもー！』

とのことで、みんなのおかわり分にすだちを絞り掛けてやった。

『さわやかな風味が加わってこれはこれでイケるな』

『俺はこれ掛けた方が好きかも』

『さっぱり～』

すだちを掛けたホイル蒸しをパクつくみんなを見ながら、俺も食い始める。

ギガントミノタウロス肉のホイル蒸しをメインにインスタントの味噌汁《みそしる》と作り置きしてあった味付けは塩昆布のみの塩昆布とキュウリの浅漬けを添えた。

そして大事な炊き立ての白飯だ。

ホイル蒸しを食った後に白飯をパクリ。

「ウメェ……」

やっぱり白飯に合うおかずっていうのは正義だね。

そんな感じで俺たちはギガントミノタウロス肉のホイル蒸しを心ゆくまで堪能したのだった。

そして、夕食後の一休み。

フェルとドラちゃんとスイは例によって不三家のケーキやらプリンやらをパクつき、俺は今日の気分だった紅茶を飲みつつホッと一息ついていた。

「なぁなぁ、みんなに相談があるんだけどさ」

俺は懸案である莫大なドロップ品の買取代金について相談を持ち掛けた。

『何だ、改まって』

「いやさ、今日、ダンジョンのドロップ品の買取代金を受け取りに行ってきたじゃん」

『うむ』

「それがまたびっくりするような金額だったわけよ。今までだって多過ぎたってことで、この前相談して寄付とかしたばっかりなのにさ。今回ので減った分よりさらに莫大に増えちゃったんだよね……。どうしたらいいと思う？」

『うーむ、どうしたらいいと言われてもな……』

『だよなぁ。俺たちは美味い飯さえ食えれば、それ以外は別に欲しいもんもないしよ』

『スイも美味しいものが食べられればいいの～』

だよねぇ。

俺も別にこれと言って欲しいものもないし、現状まったく困ってないんだよな。

『この前、孤児院とかいうのに寄付しただろ。同じでいいんじゃねぇの』

ドラちゃんがそう言うとフェルが頷く。

『うむ。それと女神様たちへの教会へのお布施だ。これは忘れてはならんだろう。ニンリル様もお喜びになるだろうしな』

ドラちゃんに続けてフェルがそう言った。

「今考えられるのってやっぱりそうだよなぁ」

現状としては俺もそれしか思い浮かばないわ。

フェルたちと話し合った結果、立ち寄った街の孤児院や女神様たちの教会への寄付をしていくということになった。

まぁもちろん前と同じく情報収集をして実際に見てみて、変なところだった場合は寄付を見送る場合もあるだろうけどね。

そうやって社会奉仕で少しずつ所持金を減らしていくしかないんだろうけど、近々またダンジョンに潜ることになるだろうから確実に所持金が増えるのが分かっているだけに頭が痛いね。

本当は、俺たちで食う肉以外のドロップ品については拾って来ないのが一番手っ取り早い対処法なのかもしれないけど、それはそれでねぇ……。

せっかくみんなが戦って得たドロップ品を放置っていうのももったいないし、なんだか切ないじゃん。

何よりギルドマスターのトリスタンさんが目をギラギラさせながら期待しているしさ。

やっぱりとりあえず拾えるものは拾ってくるしかないよな。

あとは他に何か方法があるか探りつつ、寄付なんかの社会奉仕で減らしていくしかないな。

そんな結論にまとまってから数日。

いよいよダンジョンへと戻る日がやってきた。

フェルたちには5日と言ったところを、ダンジョンでの飯を作り置きするためにと粘りに粘って1日だけ延ばして6日地上にいたことになる。

「もっと地上にいたかったな……」

『おーい、いい加減諦めろよ』

『そうだぞ。いくら我らがいるとはいえ次は最下層を目指すのだからな、お主も気を引き締めていけ』

『ダンジョン、ダンジョン、ダンジョン♪』

「はいはい、分かりました」

俺たち一行を期待を込めた目で見つめるのは、ギルドマスターのトリスタンさんだ。

「皆さまのご帰還を心よりお待ちしております」

トリスタンさん、その期待に満ちた満面の笑みに揉《も》み手《で》はやめなさいってば。

『では、行くぞ！』

フェルの掛け声とともに、俺たちは再び難関と言われるブリクストのダンジョンへと入っていった。

『んじゃ風呂も入ったし、寝ようぜ』

「俺は、ちょっとまだやることがあるからドラちゃんとスイは先に寝ててよ」

『んじゃ先に寝っからなー』

『ねんね～』

「おやすみ～」

ドラちゃんとスイは既にフェルが寝ている2階の寝室へ、俺はリビングへ。

ランベルトさんの店でご馳走《ちそう》になってお気に入りになったバラの花のような香りのするお茶をお供にネットスーパーで買い物だ。

「酢と黒胡椒《こしょう》、酢と黒胡椒～」

今日の夕飯の用意をしているときに、酢と黒胡椒がもうすぐ無くなりそうなのに気が付いたから忘れないうちに仕入れておくことに。

両方ともいつも使っているメーカーのものをまとめ買いだ。

お茶を飲み終わるまでと、ついでに他の調味料の新商品などをチェックしていると……。

『よー、異世界人！』

『異世界人クン、ちょっとお願いがあるのよ～』

『妾《わらわ》たちの願い心して聞くのじゃ』

『お願いがある』

アグニ様、キシャール様、ニンリル様、ルカ様の声だ。

「勢ぞろいでなんですか？　お供えなら三日前にしたばっかりじゃないですか」

『そうなんだけどよ～。お前にちょっとお願いっていうかな』

『そうそう。ほら、あなたのいた世界で〝女子会〟というものが流行《はや》っていたじゃない？』

そういや俺の勤め先でも、女子社員同士で度々開いていたな。

『私たちもそれやる』

真面目そうなルカ様も乗り気なのかよ。

『ついてはじゃな、ほれ、お主がこの間飲んでいた甘い酒、あれを送ってもらおうとな。あれなら、妾もルカも美味《おい》しく飲めそうじゃしのう』

「甘い酒、ですか？」

『スッキリサッパリで飲みやすいとも言ってたなぁ。俺もそういうのなら飲んでみたいって思ったから覚えてるぞ』

酒好きなアグニ様がそんなことを言う。

甘い酒、それからスッキリサッパリで飲みやすい。

「……あ！　あれか！　この前久しぶりに晩酌に飲んだ缶チューハイ！」

アイテムボックスから缶チューハイをいくつか取り出して「こういうカラフルな缶に入った酒の

ことですよね？」と聞いてみる。

この間晩酌用の酒をネットスーパーで見ていたら、缶チューハイが目について、勢いあまって新商品とか飲んだことのないのを大量買いしてしまったその残りだ。

『そうそう！　そんな感じじゃった！』

「で、缶チューハイをみなさんが〝女子会〟をやるために提供しろと」

まったく勝手なお願いだなぁ。というか、こんなことでみんなで神託かよ～。

ったく、この世界の神様って自由過ぎだよな。

『なぁ、いいだろ～。〝女子会〟やりたいんだよ～』

「えー、皆さんが俺をのぞき見している時だって、みなさん集まってるんだから女子会みたいなもんなんじゃないですかぁ」

『それとこれとは別よ～。今日はアグニちゃんちで女子会を開こうと思っているんだから。それに、お酒を飲みながら楽しくっていうのがいいんじゃない』

『そうだそうだ』

そりゃあ酒好きのアグニ様なら、酒を飲みながらみんなで語り合うなんて楽しいに決まってるだろうから一番乗り気だよな。話を聞いていると、キシャール様やニンリル様、ルカ様も乗り気みたいだし。

『ね、オ・ネ・ガ・イ』

『なぁ、いいだろ～。頼むよ～』

『お願いなのじゃ〜』

『お願い』

甘いと言われるかもしれないけど、女神様たちにここまで言われて出さないのも男が廃るというものだ。

「ハァ。わかりました」

そう言うと『ヤッター！』と喜ぶ女神様たちの歓声が聞こえてきた。

それじゃあと、この間買い過ぎてしまった缶チューハイをテーブルの上に出していく。俺の好みもあって、レモンサワーやらグレープフルーツサワーなんかの柑橘系《かんきつけい》のサッパリなのが多かったから、ニンリル様とルカ様のリクエストでモモやらイチゴやらの甘めの缶チューハイをネットスーパーで追加購入してプラス。

そんなこんなでテーブルの上には様々な缶チューハイがズラリと数十本並んでいた。

「こんなもんでどうですか？」

『十分よ！　ありがとうね！』

『ありがとよ！』

『ありがとなのじゃ〜』

『ありがと』

女神様のその言葉と共に、テーブルの上にズラリと並んでいた缶チューハイが淡い光を放ちながら消えていった。

「あ！　缶チューハイってすごく飲みやすくてゴクゴクいけちゃいますけど、あくまでも酒ですからね！　割と酒精が高いですから、飲み過ぎ注意ですよー！」

缶チューハイ、油断すると飲み過ぎてベロベロになっちゃうんだよね。

最後、女神様たちに聞こえたかな？

◇◇◇◇

神界にあるアグニの宮――――。

この世界の上級神のうちの四柱、風の女神ニンリル、土の女神キシャール、火の女神アグニ、水の女神ルサールカが集まっていた。

この四柱の最近のブームである異世界観察で興味を持った〝女子会〟。

それをこの四柱でやろうと決めて、異世界の品を手に入れるスキルを持つ異世界人ムコーダにまんまと酒を献上させたのだった。

『いや～、この酒はホントにサッパリして飲みやすいな～』

そう言いながら3本目の缶チューハイのプルタブをプシュッと開けるアグニ様。

『ホントね。スッキリしていて、私がいつも飲んでいる果実酒よりいいかも』

『だろ～。異世界の酒はここの酒よりも格段に美味《うま》いんだって』

『まぁ、だからと言ってアグニちゃんみたいには頼まないけれどね。私は美容品の方が優先だもの』

『カ～、そんなせっせと手入れしたって俺らは変わらないと思うんだけどな～』

『アグニちゃん、その油断が大敵なのよ！　神といえども！　この神界ではその時は遅くとも少しずつ少しずつ劣化していくのだから！』

『お、おお』

キシャール様の勢いに気圧《けお》されるアグニ様。

『まぁまぁ。落ち着くのじゃキシャールよ。こっちの酒も甘くてなかなかいけるぞ。ほれ』

そう言いながらキシャール様を宥《なだ》めて、モモの缶チューハイを渡すニンリル様。

いつもはポンコツだが、やるときはやるのだ。一応。伊達《だて》に一番年上ではないのだ。

『もう。あら、ホント、甘くて美味しいわコレ』

ニンリル様から渡されたモモの缶チューハイに機嫌を直すキシャール様。

『これは甘くて美味しい。私でも飲める』

普段は酒を飲まないルカ様もゴクゴク飲んでいる。

『あ、そうそう聞いた？　新しく創造神様の従者になった女神、知ってる？』

『赤茶髪の素朴な雰囲気の下級神じゃろ？』

『そうそう。なんか村娘っぽい感じの』

『そういやいたなぁ。で、その女神がどうしたってんだ？』

『もう、アグニちゃんたら、そんな興味なさそうな声出さないの。アナタにも関係しているんだから』

『は？　俺にか？』

『そうよ。アグニちゃんのところに居る従者の下級神。筋肉モリモリのアグニちゃんのところの従者にしては、比較的細い子で金髪で緑の目の子いるじゃない？』

『ああ～、アイツか。アイツがどうしたってんだ？』

『その創造神様のところの村娘っぽい女神とイイ感じなのよ』

『なに～!?　アイツ、俺に一撃も加えられたことがねぇ半神前なのに、一丁前にそんなことしてんのか！』

『この前、東の庭園でイチャイチャしてた』

『ルカも知っているのか!?　あのヤロー隠す気ねぇのか。よっしゃ、明日の朝の鍛錬は俺が相手だな』

『あらあら』

『そういう話でいいなら、戦神のとこの従者と鍛冶神のとこの従者がじゃのう』

『キャーッ、男神同士!?　萌《も》えるわ～』

…………

……………

……

『いやぁ～、女子会ってのも楽しいな！』

『って、アグニちゃんずっとお酒飲んでただけじゃない』

『フハハハハハ、美味いんだからしょうがないだろ～。あれ？　ルカとニンリルは？』

『ルカちゃんは、その缶チューハイってお酒1本飲みきらないうちに寝ちゃったわよ。ニンリルちゃんも、2本飲んだら『眠い～』って言って寝ちゃったわ。それよりアナタ大丈夫なの？　そんなに飲んで』

キシャール様の問いに『なにが？』と言うアグニ様の前には、空になった缶チューハイがズラリと並んでいた。

『異世界人クンが最後に言ってたわよ。そのお酒は飲みやすいからゴクゴクいけちゃうけど、割と酒精が高いって』

『平気平気。って、あり？　クラクラしてきたじょ～』

そのままパタリと後ろにひっくり返っていびきをかいて眠ってしまったアグニ様。

『だから言ったじゃない。もう、しょうがない子ねぇ～。みんな寝ちゃったし、私は帰ろうっと。でも、楽しかったわね。また女子会やりたいわ』

楽しそうにそう言いながら自分の宮に帰っていくキシャール様だった。

あとがき

江口連《えぐちれん》です。「とんでもスキルで異世界放浪メシ　11　すき焼き×戦いの摂理」をお買い上げいただきまして、本当にありがとうございます！

早いものでもう11巻となります。このシリーズをこんなに長期間刊行させていただき、本当に嬉《うれ》しく思います。

ここまでこれたのも、ひとえに読者の皆様のおかげだと本当に感謝しております。

11巻はいよいよ新ダンジョンのブリクストのダンジョン突入編です。

フェル、ドラちゃん、スイにとっては楽しい楽しいダンジョン。ちょっぴりヘタレなムコーダにとってはあまり行きたくない場所。

そんなダンジョンでハッスルしまくるフェル、ドラちゃん、スイとそれに若干振り回され気味のムコーダを楽しんでいただければ。

そして、今回は今までにないちょい高飛車で高圧的な冒険者も出てきたりするので（能天気なムコーダはそれに気づきませんが）、そういうところも見所かなと思います。

なにはともあれ、皆さんに楽しんでいただければ幸いです。

それから今回もですが、この書籍11巻と同時に本編コミック8巻、スイが主役の外伝「スイの大冒険」の6巻が発売されます！

双方ともとても面白いので、是非ともこちらもよろしくお願いいたします。

イラストを描いてくださっている雅《まさ》先生、本編コミックを担当してくださっている赤岸《あかぎし》K先生、そして外伝コミックを担当してくださっている双葉《ふたば》もも先生、担当のI様、オーバーラップ社の皆様、いつも本当にありがとうございます。

最後になりましたが、皆様、これからものんびりほのぼのな異世界冒険譚《たん》「とんでもスキルで異世界放浪メシ」のWEB、書籍、コミックともどもよろしくお願いいたします。

12巻でまたお会いできることを楽しみにしております。

OVERLAP NOVELS

とんでもスキルで異世界放浪メシ 11
すき焼き×戦いの摂理

発行 2021年11月25日 初版第一刷発行
2023年11月6日 第三刷発行

著者 江口 連

イラスト 雅

発行者 永田勝治

発行所 株式会社オーバーラップ
〒141-0031
東京都品川区西五反田8-1-5

校正・DTP 株式会社鷗来堂

印刷・製本 大日本印刷株式会社

ISBN 978-4-8240-0046-0 C0093

【オーバーラップ カスタマーサポート】
電話 03-6219-0850
受付時間 10時～18時(土日祝日をのぞく)

作品のご感想、ファンレターをお待ちしています

あて先：〒141-0031 東京都品川区西五反田8-1-5 五反田光和ビル4階 ライトノベル編集部
「江口 連」先生係／「雅」先生係

スマホ、PCからWEBアンケートにご協力ください

アンケートにご協力いただいた方には、下記スペシャルコンテンツをプレゼントします。
★本書イラストの「無料壁紙」 ★毎月10名様に抽選で「図書カード(1000円分)」

公式HPもしくは左記の二次元バーコードまたはURLよりアクセスしてください。
▶ https://over-lap.co.jp/824000460
※スマートフォンとPCからのアクセスにのみ対応しております。
※サイトへのアクセスや登録時に発生する通信費等はご負担ください。

オーバーラップノベルス公式HP ▶ https://over-lap.co.jp/lnv/